INHALT

NANU?
WO IST MAKOTO?
SCHLÄFT ER NOCH?
MAKOTO-KUN IST SCHON ZUR SCHULE GEGANGEN.
ER SAGTE, ER HABE TAGESDIENST UND MÜSSE GANZ FRÜH RAN.
EH...?!
!
?
ACH, NICHTS!
TAGESDIENST?
MERKWÜRDIG, DASS ER SO FRÜH GEHT UND KIYOI-SAN SO EINE LÜGE AUFTISCHT...

WARUM...?
NOGA-MI...
... FEHLT HEUTE?
SETO!
WAS IST LOS MIT IHM?
ÄH... ER...
... IST ERKÄLTET...?
WIESO IST ER NICHT HIER?
DIE GRIPPE GEHT RUM.
PASST AUF EUCH AUF!
...
GNN
WIESO...

Rh+
RHESUS POSITIV
EPISODE 11
MAKOTO...

STARBOX CAFE
„MAKOTO MACHT MIR SCHON EIN BISSCHEN ANGST."
„... WENN ICH MICH AN DAS IN IHM GE-WÖHNT HABE, WAS MICH AN SEINEN VATER ERIN-NERT..."
„ABER ICH DENKE, DAS WIRD SICH BALD WIEDER LEGEN..."
AHA, DU HAST NACH EINER NACHT ZU HAUSE...
... ALSO DEINE MEINUNG GEÄNDERT?
GNN

!
MIT MIR KANNST DU ENTSPANNTER SEIN, WAS?
DAS IST ES NICHT!
!
NEIN, DAS...
BIN ICH BEI AGEHA...
... UND DEN ANDEREN ANGESPANNT?

DIE BESCHÜTZEN MICH SO SEHR, DASS ES MIR FAST LEIDTUT.
NEIN!
DAS GEGENTEIL IST DER FALL!
ABER WEISST DU...
... WENN DU UM DIE UHRZEIT IN DEN KLAMOTTEN HIER RUMLUNGERST...
... KANNST DU GANZ SCHNELL VOM SCHÜLERSCHUTZ AUFGEGRIFFEN WERDEN.
UNIFORM
DU WEISST DOCH NICHT, WO DU SONST HIN SOLLST, ODER?
!
GRABB
WAS...
WAS...?!
...?
TAUMEL
...

NA ALSO!
DER TODESGERUCH GESTERN WAR EBEN DOCH KEINE EINBILDUNG...
DER KERL IST IN IRGENDWAS BLUTRÜNSTIGES VERWICKELT.
DER KÖNNTE GEFÄHRLICH SEIN!
UND DASS ICH TROTZDEM MITGEGANGEN BIN...
WIR ÄHNELN UNS EIN WENIG, NICHT?
... DARAN WAR WAHRSCHEIN-LICH...
... DIESER SATZ SCHULD...
... OBWOHL DER HIER EINDEUTIG...
... KEIN VAMPIR, SONDERN EIN MENSCH IST...

HIER!
DAS LEIHE ICH DIR. ZIEH DICH UM!
DRÜCK
?
?!
SCHMEISS DEINE UNIFORM ÜBER DIE TÜR! ICH LEGE SIE ZUSAMMEN.
...
FLAPP
RASCHEL

RITSCH
WARUM...
...
... TRÄGT DIESER JUNGE DIESES FOTO MIT SICH HERUM?
ZAP
ZAP
FHUP
SAG MAL...
IST DIESER ANZUG NICHT ZIEMLICH TEUER?
ZUCK

ZUMINDEST ZU TEUER FÜR DAS TASCHEN-GELD EINES HIGHSCHOOL-SCHÜLERS...
ICH WILL DIR WEDER WAS AUFSCHWATZEN, NOCH IST DAS GEKLAUT.
DU KANNST DAS RUHIG ANZIE-HEN.
FHUP
ICH WAR BIS EBEN EINKAUFEN.
...
HAST DU KEINE SCHULE?
AUSSERDEM IST ES DOCH EGAL, OB DAS BILLIG ODER TEUER IST.
ICH MUSS ES JA NICHT ZAHLEN.
...
GLOTZ
ICH HAB AUCH KEINE KREDITKARTE GEKLAUT.
AH...
WAR MEIN BLICK SO MISSTRAU-ISCH?!

...
AUS IRGEND-EINEM GRUND...
... HABE ICH SCHWESTER, ONKEL UND ANDERE LEUTE UM MICH HERUM, DIE UNBEDINGT FÜR MICH SORGEN WOLLEN...
DU BIST...
... ZU EHRLICH. SO WIRST DU PROBLEME IM LEBEN HABEN!
... OBWOHL SIE NICHT WISSEN, WO ICH URSPRÜNGLICH HERKOMME.
ABER DASS DIESE LEUTE...
... DAFÜR AUCH ETWAS VON MIR ERWAR-TEN...
... MACHT ES LEICHTER FÜR MICH.

FÜR MICH...
FÜR MICH...
... IST DAS GERADE DAS PROBLEM, DASS ICH MICH NICHT GENUG BEI MEINEN WOHLTÄTERN...
... REVANCHIEREN KANN.
...
HM...
VERSTEHE.
TOK TOK
KLACK

WENN SIE SO VIEL FÜR DICH TUN...
... UND DU SO DARÜBER DENKST...
... KOMMST DU DIR DORT IMMER NUR WIE EIN GAST VOR...
... ODER SOGAR WIE EIN SCHMA-ROTZER...
ICH WOLLTE...

ICH WOLLTE FÜR IMMER IN DIESEM HAUS BLEIBEN...
... ABER...
... ICH HATTE IRGENDWIE ANGST.
ICH FRAGTE MICH, OB ES WIRKLICH GUT SEI, FÜR IMMER HIERZUBLEIBEN...
UND DAS HAT DIESER MENSCH, DEN ICH GERADE ERST KENNENGELERNT HABE...
... EINFACH SO DURCHSCHAUT.
WAS IST NUR...
... MIT NOGAMI?
ER WIRD SEINE ERKÄLTUNG EINFACH NICHT LOS!
GYA, HA, HA, HA!
...
OB ER SO DIE PRÜFUNG SCHAFFT?
MAKOTO!

WAS HAST DU DENN VOR?!
!
...
DU SAGST NIE...
WAPP
BLEIB HIER...
...
MAKOTO...
MAKOTO HAT GEHEIMTREFFEN MIT EINEM KOMISCHEN TYPEN?!

SHHH
NICHT SO LAUT!
IDIOT!!
KIYOI KANN UNS HÖREN!!
DU BIST LAUT, NICHT ICH!
AUSSERDEM SAG NICHT SO WAS FIESES WIE „GEHEIMTREFFEN"!
WAS IST DENN MIT DIR LOS?!
SWUSH
DU SAGST SELBST, DU HAST ANGST VOR MAKOTO, UND GEHST IHM AUS DEM WEG...
... DOCH DASS IHN EIN ANDERER WEGSCHNAPPT, WILLST DU AUCH NICHT, ODER WAS?!
DAS LETZTE!
DU EGOIST!
TSK!
QUATSCH!
WENN DER TYP EINFACH NUR EIN FREUND WÄRE, WÄRE ES JA OKAY.
KIYOI WÜRDE DAS ZWAR NICHT SO GEFALLEN, ABER...
DOCH WENN ICH MIR VORSTELLE, DASS DA NOCH WAS ANDERES DAHINTERSTECKT...
... MACHE ICH MIR SCHON SORGEN...

MAKOTO IST EIN ANGST-HASE, ABER GLEICHZEI-TIG AUCH GANZ SCHÖN UNVORSICH-TIG.
ER NIMMT DIE BÖSARTIGKEIT ANDERER MANCHMAL NICHT WAHR, STIMMT'S?
DES-HALB...
...
LAUF...
... IHM HINTERHER!
EH?!
ICH SOLL...?!
JA, DU...!
DU WOLLTEST DAS MIR ÜBERLASSEN, ODER?!!
VERLASS DICH NICHT IMMER AUF ANDERE, SONDERN ERGREIF SELBST MAL DIE INITIA-TIVE!
ES HEISST DOCH: „IM JUNGEN ALTER MUSS MAN HE-RAUSFOR-DERUNGEN SU-CHEN"!
DOCH ICH HAB WAS BESSERES ZU TUN!

DU MACHST DIR DOCH WAHNSINNIGE SORGEN!?
KANNST DICH VOR ANGST KAUM BEWEGEN!?
KLACK
SORRY, DASS ICH SO SPÄT KOMME!
DU BIST... ... JA TOTAL BESCHÄFTIGT IN LETZTER ZEIT...
KLAPP
...
ABER LINKS LIEGEN GELASSEN ZU WERDEN, IST AUCH EIN SCHOCK FÜR DICH!?
!!
GNN
MACH DICH MAL MIT DEM GEDANKEN VERTRAUT, DASS MAKOTO AUS DIESEM HAUS VERSCHWINDEN KÖNNTE!

TAP
TAP
TAP
DASS SICH DIE SCHULE GAR NICHT MELDET...
... DAS HAT AGEHA WOHL EINGEFÄDELT.
UND ICH HATTE SCHON BEFÜRCHTET, KIYOI MERKTE DAS SOFORT...
DODOM

FHUP
HALLO.
!
HE...!
HAST DU MIR GAR NICHTS ZU SAGEN?!
...
MIT DIR STIMMT DOCH WAS NICHT!
SCHON DIE GANZE ZEIT...!
SEIT DU VOM FRIEDHOF ZU-RÜCKGEKOMMEN BIST...!

DU WEISST ES DOCH SELBST, SAG SCHON!
WAR DA IRGENDWER...
... ODER IST IRGENDWAS PASSIERT?!
...
DER, MIT DEM ICH MICH JETZT ÖFTER TREFFE...
... IST VIELLEICHT NICHT GANZ UNGEFÄHRLICH.
SEINEN KÖRPER UMGIBT IMMER SO EIN TODESGERUCH.
SCHAUDER
...!!

WA... MAKOTO...!
TRIFFST DU WIEDER DEINEN VATER?!
UNSINN!
ABER...
... IN LETZTER ZEIT...
... KANN ICH SEIN BEDÜRFNIS...
... MICH MIT GEWALT MITZUNEHMEN, SOGAR EIN BISSCHEN VERSTEHEN.
MAKOTO...!
WENN MAN DENKT, DASS MAN GANZ ALLEIN IST...
... WÜNSCHT MAN SICH JEMANDEN, DER DIE EIGENE ANGST VERSTEHT...
... JEMANDEN, DER EINEM EIN BISSCHEN NAHESTEHT.
UND FÜR IHN WAR DAS EBEN...
... ICH ALS SEIN BLUTSVERWANDTER.

GANZ ALLEIN ZU SEIN, OHNE ZUFLUCHT, OHNE TROST...
DAT
... SCHON DER GEDANKE DARAN VERSETZT MEINEM HERZEN EINEN STICH.
SORRY.
ICH MAG DICH ZWAR, AGEHA...
... ABER ES KANN SEIN, DASS ICH IRGENDWANN SO WERDE WIE MEIN VATER.
QUATSCH!
DAS WIRST DU NIE!
?
WAS IST DENN MIT EUCH BEIDEN?

HABT IHR STREIT?
...
LASS MICH LOS!
DEINE HAND...
... ZITTERT JA OHNE ENDE!
WAPP
...!!
DRIP

WARUM IST DAS ALLES SO SCHWIERIG?
ES WAR RICHTIG, SICH NICHT EINZU-MISCHEN...
ABER WARUM VERWI-CKELT SICH JETZT ALLES?!
IMMER, IMMER, IMMER...

... BIN ICH SELBST...
... DERJENIGE, DER...
... ALLES KAPUTT MACHT...
ICH SAGE DOCH, DU WIRST AUF-GEGRIFFEN.
SCHWÄNZT DU IMMER IN UNI-FORM?

ICH TU EBEN MORGENS SO, ALS GINGE ICH ZUR SCHULE.
ICH NEHME ES IN KAUF, WENN MAN MICH ERWISCHT.
HA, HA, HA!
REDEST DU IMMER SO?
DU HAST EINE...
... SELBST-ZERSTÖ-RERISCHE ADER.
SO WIE DU, ODER?
ICH WEISS, WAS DU VOR ZEHN JAHREN GEMACHT HAST.

WARUM...
... SAGST DU MIR DAS JETZT PLÖTZLICH?
ALS ICH SAGTE, DASS ICH GERADE VOM FRIEDHOF KAM, BIST DU MIR AUSGEWICHEN...
... ABER...
... DER TODESGERUCH KAM EBEN DOCH VON DIR.
ICH HAB ES VON ANFANG AN ERKANNT.
DIE ART, WIE ER LACHTE... WIE EIN MONSTER!
JETZT REDEST DU ABER VIEL FÜR DEINE VERHÄLTNISSE.
DAMM
OB WIR UNS HEUTE ZUM LETZTEN MAL TREFFEN?

DU HAST MIR EIN FOTO AUS DER GELDBÖRSE GEKLAUT, STIMMT'S?
ICH WOLLTE NUR EIN BISSCHEN GEMEIN SEIN, WEIL DU MIR NICHT MAL DEINEN NAMEN SAGST.
SORRY!
DU SAGST MIR DEINEN JA AUCH NICHT.
DIESE SACHE VON DAMALS...
... IST FÜR MICH NICHT WICHTIG.
ICH HAB MICH GEFRAGT, OB ES JEMANDEN GIBT, DER SICH SORGEN MACHT, WENN DU PLÖTZLICH VERSCHWINDEST...
... EIN FREUND... ODER JEMAND, DER DICH LIEBT...
!
WAS SOLL DIESE FRAGE?!
HUCH!

!
GLOTZ
GLOTZ
GEHEN WIR...
... WO-ANDERS HIN?
ZITTER
SO OFFEN WILL ICH HIER...
... NICHT REDEN. DAS IST MIR PEINLICH.
JA.
BITTE...
BITTE SAG MIR JEMAND: „ICH BLEIBE IMMER BEI DIR"...
HA!
MAKO-TO...

DAS IST DOCH...?!
WAS TREIBT DER DA MIT MAKOTO?
GEH WEG DA VON DEM...
... MAKOTO!
?!
AGEHA...
TAP

WEGEN DER SCHULE... ICH...
IDIOT!
DAS IST DOCH JETZT EGAL!
JA...
ICH WEISS ES.
SAG MAL, WEISST DU GAR NICHT, WER DAS IST?!
DU ERINNERST DICH DOCH AN DAS FOTO!
DAS IST...
ER HAT EIN MESSER IN DER TASCHE...
... UND KANN MICH JE-DERZEIT UNSCHÄD-LICH MACHEN.
ZUCK!
!!
ER DENKT SCHON DARÜBER NACH...
... WO ER MICH ERLEDIGEN KANN.
...
WIESO...
... KANNST DU...
... SO GELASSEN SEIN?!

Danke...
... Ageha.
Was sagst du denn da? Das gilt doch auch für die Zukunft!
All die Erinnerungen an die Zeit mit euch...
... werden die glücklichsten meines bisherigen und auch meines zukünftigen Lebens bleiben, denke ich.
Das klingt ja...
GRABB
... wie ein Ab-schied...!
Ageha...
So schön, wie ich sie nicht verdient habe...
Moment ...
Warte mal!
Ageha...
Danke...!

BYE-
BYE!
KRSCH
A...
DAS GIBT'S DOCH NICHT!
WIE KANN MAKOTO SO ETWAS SAGEN?!

„MACH DICH MAL MIT DEM GEDANKEN VERTRAUT, DASS MAKOTO VERSCHWINDEN KÖNNTE!"
...
DAS KANN NICHT SEIN, MASAKAZU!
DENN ICH GLAUBE IMMER NOCH...
... DASS MAKOTO SICH IN UNSEREM HAUS WOHLFÜHLT...
... ER UNS ALLE MAG UND MIT UNS ZUSAMMENLEBEN WILL...
... UND ES DAS BESTE IST.
ICH GLAUBE NICHT, DASS ES FÜR MAKOTO BESSER IST, MIT DEM DA ZUSAMMEN ZU SEIN!
HM...
ICH HAB DICH FALSCH EINGESCHÄTZT. ICH DACHTE NICHT, DASS DU SO AUFGEWECKT BIST.
WAR DAS OKAY...
... DEN JUNGEN EBEN EINFACH SO STEHEN ZU LASSEN?

KEIN PROBLEM.
ICH WILL NICHT, DASS AGEHA NOCH MEHR VON MEINER SCHLECHTEN SEITE ZU SEHEN BEKOMMT.
ICH WILL VERSCHWINDEN, OHNE VON IHM GEHASST ZU WERDEN.
DU...
... HEISST ALSO MAKOTO?
WOHER KENNST DU MICH?
WO HAST DU EIN FOTO VON MIR GESEHEN?
...
WO WOHNST DU?
KANNST DU MIR DAS SAGEN?
NEIN, KANN ICH NICHT.
TAP
HAST DU ANGST, DASS ICH WAS ANSTELLE?
DAS AUCH...
... ABER...

... ES IST VOR ALLEM...
... WEIL DIE ADRESSE NICHT MEHR MEINE ADRESSE IST.
AH...
ES IST TRAURIG, DAS AUSZUSPRECHEN.
...
ICH BIN KEIN KIND JENER FAMILIE...
... UND WILL DENEN KEINE SCHWIERIGKEITEN MACHEN.
SO SEHR ICH ES AUCH WOLLTE... SO NETT AUCH ALLE ZU MIR SIND...
... ES GIBT EINE UNÜBERWINDLICHE MAUER ZWISCHEN IHNEN UND MIR.
UND IMMER, WENN ETWAS PASSIERT, FÜHLE ICH MICH SCHULDIG.

DU REDEST JA FAST SCHON WIE EIN VERBRECHER!
UND DU SAGST, DU WILLST MIT MIR ZUSAMMEN SEIN?
DER JUNGE KANN EINEM JA ECHT LEIDTUN. ER GIBT SICH...
... SOLCHE MÜHE, ABER DU GLAUBST IHM NICHT.
UND MEINE...
... ANTEILNAHME WILLST DU AUCH NICHT?
ICH HABE ZEHN JAHRE GEBRAUCHT, UM SO DENKEN ZU KÖNNEN...
OKAY, DANN LASS UNS...
... ZU-SAMMEN SEIN!
SIEH ES EINFACH SO, DASS ICH DER EINZIGE BIN...
... DER DEINE GEFÜHLE VERSTEHT.

VERSCHLIESSEN WIR EINFACH DIE AUGEN VOR DINGEN, DIE MIT UNS BEIDEN NICHTS ZU TUN HABEN!
...
NEHMEN WIR'S LEICHT!
WOLLEN WIR...
... GEMEINSAM STERBEN...
... UND EWIG LEBEN?
SCHLUSS JETZT!

?!
KIYOI-SAN...
WIESO...?!
!
AGEHA...?!
GRABB
DRÜCK

AGEHA...
ICH KANN NICHT WEG-SCHAU-EN...
... WENN DU HIER ZU EINEM BLUTSVERTRAG WEGGESCHLEPPT WIRST WIE FÜR EINEN DOPPEL-SELBSTMORD!
DOPPEL-SELBST-MORD?!
URGH...
KEINE ANGST!
ICH WOLLTE IHN AUCH GLEICH VERFOLGEN UND FEST-SETZEN!
...!
WENN MAKOTO WIEDER-BELEBT WIRD UND SIEHT, DASS DU TOT BIST...
... WIRD ER ES WIEDER BEREUEN!

WIE AUCH IMMER... DAS ERGEBNIS WIRD NIE GUT SEIN!
IHR SEID WIRKLICH ZU EGOISTISCH.
GENAU.
„WIEDERBE-LEBT"...
DIE ZUSTÄNDIGEN BEAMTEN WERDEN GLEICH DA SEIN.
DIESMAL WERDEN WIR DEIN GEDÄCHT-NIS NICHT MANIPULIE-REN...
... UND DU WIRST ALS TÄTER DEINER BESTRAFUNG ZUGEFÜHRT.

MOMENT!
HÖRT IHM ZU...!
MAKOTO...
!
ICH LEBTE DIE LETZTEN ZEHN JAHRE IM STÄNDIGEN BEWUSSTSEIN, EIN VERBRECHER ZU SEIN.
DER TODESGERUCH...
... UND DIE AURA MEINER FAMILIE HAFTEN MIR EWIG AN...
... DAS SPÜRE ICH.
SCHON GUT.
ES IST ZU SPÄT.
DIESE LETZTEN TAGE WAREN VIELLEICHT MEINE EINZIGE RETTUNG.
OHNE DICH NACHÄFFEN ZU WOLLEN...
... ABER IN DER ZEIT MIT DIR WAR ICH SO AUSGEGLICHEN WIE NOCH NIE.
AUCH IN DEM MOMENT, ALS DU MIR DAS LEBEN NEHMEN WOLLTEST...

GUT, DASS DU MAKOTO ANGEMACHT HAST...
DANKE DAFÜR!
AH...
DRÜCK
AGEHA...
SWUSH
!
WENN WIR ZU HAUSE SIND...
... KRIEGST DU EINE STRAF-PREDIGT, DIE SICH GEWASCHEN HAT!

KI... KIYOI-SAN...
ABER ICH...
MACH DICH AUF WAS GEFASST!
WENN KIYOI RICHTIG LOSLEGT, WIRD DAS EINE LANGE, STRENGE UND HART-NÄCKIGE PREDIGT!
DAS WORT „HARTNÄCKIG" WAR ÜBERFLÜSSIG
...
SO MEINE ICH DAS NICHT...
...
DU HAST DIR DOCH SO KOMISCHE SORGEN GEMACHT, OB ES GUT WÄRE, WEITER BEI UNS ZU WOHNEN UND SO!
DU IDIOT!
UNSER ZUHAUSE IST AUCH DEIN ZUHAUSE! WIE OFT MUSS MAN DIR DAS EIGENTLICH SAGEN, BIS DU ES BEGREIFST?!
NIMM DIR EIN BEISPIEL AN DEM HOHLKOPF DA!

JA...
JA...
NANU?
WO SIND DIE ANDEREN?

ANSCHEINEND HABEN SICH ALLE ZUM VIDEOSPIELEN IN MAKOTOS ZIMMER VERSAMMELT.
SIE HABEN NÄMLICH...
AH...
... MASSENHAFT KEKSE UND SO MITGENOMMEN
ABER NICHT ALLES VOLL KRÜMELN!
DENEN DARF MAN KEIN BUCH ODER MANGA LEIHEN!!
ICH HABE ES IMMER SCHON GESPÜRT...
SEIN ZIMMER WAR STETS SO AUFGERÄUMT...
... DASS MAN GLAUBEN KONNTE, ER RECHNE DAMIT, VERTRIEBEN ZU WERDEN.
TOTAL CHAOTISCHE ZIMMER WIE DEINS SIND ZWAR AUCH EIN PROBLEM...
... DOCH EIN ZIMMER WIE MAKOTOS, IN DEM MAN NICHT DAS GEFÜHL HAT, ZU HAUSE ZU SEIN, WIRKT TRAURIG.
SEITENHIEB
NA, NA, MACH DIR...
... MAL KEINE SORGEN!

WENN AGEHA DA IST...
... WIRD MAKOTOS ZIMMER NACH UND NACH...
... GANZ AUTOMATISCH WIE MEINS AUSSEHEN.
...
IHR SEID ZWAR ANSTRENGEND, ABER ICH MUSS MICH JA UM EUCH KÜMMERN, UND ZWAR...
... UM JEDEN MIT EINER INDIVI-DUELLEN METHODE.
ZÄHLST DU MICH ETWA AUCH DAZU?!

EPISODE 12
Rh+
RHESUS POSITIV

RHESUS POSITIV

...
FÜR WIE VIELE TAGE SOLL DAS SEIN?
IST HEUTE IRGENDWAS BESONDERES?
NEIN...
ABER DAS PUPPENFEST IST BALD.
UND BEI UNS GIBT ES ZWAR KEINE MÄDCHEN...

... DOCH ENTWAFFNEND SÜSSE KINDER HABEN WIR HIER IMMERHIN DREI.
„KINDER"? WEISST DU, WIE ALT ICH BIN...?!
AH... JA, JA...
GENERVT
UND ICH FRAGTE MICH SCHON, WOZU PLÖTZLICH DIE EINLADUNG...
ER WIRD DOCH NICHT SAGEN: „ZUM ABENDESSEN GIBT ES MEIN BLUT"?
DIESE EUPHORISCHE STIMMUNG IST SO ANDERS ALS SONST...
SEHR SKEPTISCH
WENN DU ANGST HAST, ÜBERFALLEN ZU WER-DEN...
KEINE SORGE!
... HAST DU IN DEM MITBRING-SEL IMMER ETWAS BLUT FÜR TRANS-FUSIONEN IN RESERVE.
ZUCK
...

EIN GESCHMACKLOSER WITZ!
UND ICH VERBITTE MIR, EINFACH MEINE GEDANKEN ZU LESEN!
HE,
HE!
KLACKER
HM?
ICH ESSE ZUM ERSTEN MAL ETWAS, DAS ER GEKOCHT HAT...
KLACKER
DIESES AROMA HÄTTE ICH IHM GAR NICHT ZUGETRAUT. ER WIRKT JA NICHT GERADE...
... WIE EIN HAUSMANN.
WIESO SIND DIE KIDS SO AUSGEHUNGERT?

ISST DU NICHTS...
... KIYOI?
HM?
STIMMT, ER STOCHERT ZIEMLICH LUSTLOS IM ESSEN HERUM.
ICH HAB BEIM ABSCHMECKEN SCHON ZU VIEL GENASCHT.
HM...
TEILEN WIR, MAKO-CHAN?
DANN KANN ICH DAS JA ESSEN, ODER?
NICK
VER-DAMMTER BAKAKA-ZU...!
MAMPF
MAMPF

NORMALER-WEISE...
... IST KIYOI NICHT SO EIN VIELFRASS.
...
ÜBERHAUPT KOCHT ER SO FLEISSIG...
... JA NUR FÜR UNS.
TOK TOK TOK
HEREIN!

AGEHA...
WAS GIBT'S?
AH...
MAGST DU EINEN KAKAO ODER EINE HEISSE MILCH?
NEIN...
VIEL-LEICHT...
?
HAST DU AN DEN OPA DES MISTERS DENKEN MÜSSEN?
HÖR MAL...
WENN DU WILLST, DARFST DU GERN...
... AUCH MEIN BLUT TRINKEN.

EH...?
NA JA, DU HAST JA SO WENIG APPETIT IN LETZTER ZEIT, KIYOI...
... UND ICH DACHTE, MIT BLUT KÖNNTEST DU SCHNELLER UND LEICHTER NAHRUNG AUFNEHMEN ALS MIT ESSEN...
...
HM...
DU HAST DIR SORGEN UM MICH GEMACHT?

ABER NEIN, DAS IST WIRKLICH IN ORDNUNG!
WENN ICH BLUT WILL, KANN ICH DOCH AUCH EINFACH JAGEN GEHEN.
UND FÜR DEN NOTFALL GIBT ES JA NOCH DIE BLUTKONSERVEN, DIE MICHITAKA-SAN DAGELASSEN HAT.
ICH BIN NICHT MEHR JUNG UND BRAUCHE NICHT MEHR SO VIEL BLUT.
UND ÜBERHAUPT... DAS EINZIGE MAL, DASS ICH VON DIR BLUT BEKAM, WAR BEI UNSEREM VERTRAG, UND SO SOLL ES AUCH BLEIBEN.
ODER NICHT?
DAS SCHON...
... ABER...
...
ICH MACHE MIR EBEN SORGEN, WEIL'S IHM ANSCHEINEND NICHT GUT GEHT...

DA FÄLLT MIR EIN: BALD IST ES SO WEIT.
DER JAHRESTAG, AN DEM WIR FEIERN, DASS DU MEIN KIND WURDEST...!
!
EH?
DER TAG, AN DEM DU GESAGT HAST, DASS ICH MIT DIR ZUSAMMENLEBEN SOLL...!!
GENAU.
AN DEM TAG GIBT ES WUNSCHESSEN.
LASS DIR WAS EINFALLEN, JA?
...
PUDDING!
BLITZSCHNELL!!
KARA-MELLPUD-DING!!

AGEHA...
DU DARFST RUHIG NOCH EIN BISSCHEN LÄNGER NACHDEN-KEN!
NEIN! ICH WILL PUDDING!!
UND KAKAO-MOUSSE!!
UND HAMBURGER!!
...
AN JENEM TAG...
... HAT KIYOI MIR...
... ZU EINEM ZWEITEN LEBEN VERHOLFEN.
BEVOR ICH KIYOI BEGEGNETE, WAREN MEI-NE ELTERN BEI EINEM UNFALL UMGEKOM-MEN...
... UND ICH LEBTE BEI MEINER GEBRECH-LICHEN OMA.
ALS MEINE VERWANDTEN KAMEN, UM MICH MITZUNEHMEN...
... JAGTE OMA SIE WEG.
GEHT WEG!!
RAUN

GEHT WEG, IHR GELD-GIERIGEN GESTALTEN!
HE...
OMA...
...
ICH WEISS GENAU, WAS IHR WOLLT!
OMA SAGTE, DASS DIE VERWANDTEN...
... MICH NICHT AUS FÜRSORGE MITNEHMEN WOLLTEN...
MENSCH!
TSK!
DAS HAT KEINEN SINN!
OMA IST DOCH SO SCHWACH AUF DEN BEINEN!
... SONDERN NUR, UM AN...
... PAPAS UND MAMAS GELD ZU KOMMEN.
IHR HERZ IST IN LETZTER ZEIT RECHT SCHWACH GEWORDEN.
ES WÄRE SCHRECKLICH, WENN WIR DEINE VERSICHERUNG OMA ÜBERLIESSEN UND SIE DAS GELD AN IRGENDEINEN BETRÜGER VERLÖRE!
VOR ALLEM WÄRE ES GUT, WENN WIR DAS GRUNDSTÜCK SCHNELL VERKAUFEN KÖNNTEN!
SO LANGE WIRD DIE OMA JA AUCH NICHT MEHR LEBEN...
DAS WIRD SCHON...
AH...
!!

IHR SCHWEINE!
IHR SOLLT ALLE STERBEN!!
WENN IHR MICH MITNEHMT, QUÄLE ICH EUCH UND LAUFE WEG!
DAPP
!
NA...
DIESER KNIRPS...!
...
SCHNIEF
TAUMEL
...

ICH HAB DAS GEFÜHL, IN WIRKLICHKEIT...
... GIBT ES...
... BEI UNS ZU HAUSE GAR KEIN GELD VON PAPA.
LAWSAN
DOCH OMA LÄSST SIE BESTIMMT IN DEM GLAUBEN...
... WEIL SIE EINSAM IST UND AB UND ZU GERNE BESUCH HÄTTE...
... AUCH WENN ES DIESE BLÖDEN LEUTE SIND.
GLOTZ
GNN
OBWOHL ICH JA DA BIN...
ABER ICH BIN AUCH...

... EIN BISSCHEN EINSAM.

...
... SPINDEL-DÜRR...
AUSSER SEINEN AUGEN IST ER GANZ DÜNN.
WIE ER DAS BENTO ANSTIERT!
ICH GLAUBE, DAS MACHT IHN HUNGRIG.
ABER...
WUPP
SEIT ZEHN JAHREN...
... WILL ICH MIT MENSCHEN NICHTS MEHR ZU TUN HABEN.
MOMENT!

AH...
...
BITTE WARTEN SIE!
EH?
ICH BEZAHLE DAS FÜR IHN!
LASSEN SIE ES GUT SEIN!
WAS? ABER WENN MAN IHM DAS...
... EINMAL DURCH-GEHEN LÄSST...
...

...
ICH...
... WILL DAS DOCH NICHT!
...?
ABER DU HAST ES GENOMMEN...
... WEIL DU HUNGER HAST, ODER?
...
GLOTZ
ICH WILL KEIN MITLEID VON EINEM...
... DER GAR NIX WEISS!
DODOM
ABER...
...

... DAS FÜR OMA ...
... WILL ICH WENIGSTENS ...
DRIP
DRIP
...
BRAVES KIND!
ZUCK
...
WIE LANGE IST ES WOHL HER ...

... DASS ICH JEMANDEN SO SANFT...
... BERÜHRT HABE WIE DEN JUNGEN GERADE?
ALS ICH MITTEN IN DER NACHT...
... DIE VORAHNUNG VON DOUZANS TOD HATTE...
... UND IN DIE KLINIK EILTE...
... UM ABSCHIED VON IHM ZU NEHMEN...
... BEREUTE ICH, DASS ICH IHN NICHT...
... AUF MEINE SEITE GEZWUNGEN HATTE!...
... UND BERÜHRTE SEINE STIRN.
ER HATTE MIR ALLES GEGEBEN...
... UND VERSCHWAND EINFACH SO, OHNE...
... ETWAS ZURÜCKZULASSEN...
KIYOI!

DU HAST WIEDER...
... DEINEN „ICH-KANN-MICH-EINFACH-NICHT-VON-DIESEM-ABSCHIED-AUF-EWIG-ERHOLEN"-BLICK DRAUF.
AH...
KANNST DU BITTE WENIGSTENS IN MEINEM SALON EIN ANDERES GESICHT AUFSETZEN?
...
NA GUT, ICH GEHE HEIM.
HO, HO, HO!
JETZT WARTE MAL!!
WIR HABEN UNS DOCH HIER ALLE VERSAMMELT, UM DICH AUF ANDERE GEDANKEN ZU BRINGEN!
DASS SICH DIE HAUPTPERSON VERDÜNNISIERT, KOMMT GAR NICHT INFRAGE!
ALSO WIRKLICH!

NA JA, MIR SCHEINT DAS NICHTS ANDERES ALS EIN ZEITVERTREIB FÜR DIE GELANGWEILTE MADAME ZU SEIN.
WAS IST SO SCHLIMM DARAN?
DEIN LEBEN IST LANG! DU WIRST ES NICHT BEDAUERN, EIN WENIG ZEIT DAVON FÜR UNNÜTZE PLAUDE-REIEN VER-SCHWENDET ZU HABEN.
NUN SETZ DICH DOCH MAL HIN!
ETWAS ZUM TRIN-KEN...
... NETTE FREUNDE...
... DUFTENDE ROSEN...
... DER KLATSCH...
WENN DU WEGGEHST, FANGEN WIR SOFORT AN...
... ÜBER DEIN LIE-BESLEBEN ZU TRAT-SCHEN!
WIE GE-SCHMACKLOS!

NA JA, DANKE.
ICH LEBE ZWAR SCHON LÄNGER ALS DU...
... DOCH WEDER IN PUNCTO MÄNNER, NOCH WAS MEINEN LEBENSSTIL BETRIFFT...
... HAT MAN MIR JEMALS GUTEN GESCHMACK ATTESTIERT.
ICH FINDE DEINE FORSCHHEIT LIEBENSWERT.
KLAPP
...
AH!
HERR MANAGER...
BEI DIESEN GÄSTEN HERRSCHT IRGENDWIE EINE KOMISCHE ATMOSPHÄRE.
EGAL, OB ALT ODER JUNG, FRAUEN ODER MÄNNER, ALLE SIND SEHR SCHÖN. MERKWÜRDIG...
RED KEINEN QUATSCH!
DIE HERRSCHAFTEN SIND **LANGJÄHRIGE** FREUNDE DES INHABERS!

STECK DEINE NASE NICHT IN FREMDE ANGELEGENHEITEN!
ÜBRIGENS...
... DIE TAMURAS HABEN JETZT EINEN SOHN. SCHON GEWUSST?
EIN LEIBLICHES KIND?
DAS EHEPAAR HATTE SICH JA LANGE EIN KIND GEWÜNSCHT.
FAST HUNDERT JAHRE VERHEIRATET, UND DIE LIEBE IST NICHT ERKALTET!
TOLL, NICHT?
WIE LANGE IST DAS HER, WOVON IHR REDET?
ZEHN JAHRE?
NEIN... DAS IST LÄNGER HER.
...
AH, MIST!
ICH KANN NICHT MEHR DENKEN. DER ALKOHOL IST SCHULD...
KOMM DOCH MAL HER!

...
EIN LEERER BLICK...
OB SIE DAS MÄDCHEN AUCH MIT EINEM BLUTS-VERTRAG AUF DIESE SEITE GEZOGEN HAT?
WIE EINE WILLENLOSE PUPPE...
WAPP

SO WOLLTE ICH DOUZAN EINFACH NICHT BEHANDELN.
WARUM BIST DU SO UNZUFRIEDEN?
OB ES DIR GEFÄLLT ODER NICHT, DAS IST NUN MAL...
... DAS NORMALE ERSCHEINUNGSBILD EINES HERRENVAMPIRS UND SEINES VERTRAGSPARTNERS.
...
ODER HAST DU...
... IRGENDWELCHE SORGEN, DIE SO VIEL WICHTIGER SIND...
... DASS DU UNBEDINGT DEN SALON VERLASSEN MUSST?
SORGEN...?
DAS NICHT...

... NEIN ...
... MADAME ...
MIR IST NUR GERADE EINGEFALLEN, WAS ICH NOCH ERLEDIGEN MUSS.
ICH ENTSCHULDIGE MICH.
„SORGEN" KANN ICH ES...
... WIRKLICH NICHT NENNEN, ABER...
... ICH FRAGE MICH, WIE ES DEM JUNGEN DANACH ERGANGEN IST.
ER WAR JA SO ABGEMAGERT.
ICH GLAUBE, ER BEKOMMT NICHT GENUG ZU ESSEN.

ABER WIE ER VOR ÄRGER WEINTE...
... DAS WAR SEHR NOBEL...
HIHI!
VIELLEICHT...
... WAR ER NUR BOCKIG...
LAWSAN

AH...
WIE GEHABT...
SCHNURR
... MAGER ...
MAUNZ
?
STRÄUB
AH...

DER ONKEL MIT DEN LANGEN BEINEN!
TAP
„LANGE BEINE"...?
...?
ICH HAB GEWARTET, DAMIT ICH...
... DICH WIEDERTREFFE UND DANKE SAGEN KANN!

MEINE OMA HAT MIT MIR GESCHIMPFT.... DAS MACHE ICH NIE WIEDER!
WENN ICH ZUR POLIZEI MITGENOMMEN WERDE...
... IST MEINE OMA JA GANZ ALLEIN.
...
JA, DAS TUST DU BESSER NICHT.
HE, HE, HE!
DIESES KIND...
... VERSTRÖMT DEN SPEZIELLEN GERUCH EINES IHM NAHEN MENSCHEN, DER BALD STIRBT...
ICH HAB...
... EIN BISSCHEN VON DEM KARA-AGE IN DEM BENTO GEGESSEN.
ABER...
... DAS MEISTE HAB ICH OMA GEGEBEN, WEISST DU?
AHA?
ÄLTERE MENSCHEN VERTRAGEN GEBRATENES SCHLECHT...
... VON DAHER HAST DU ES RICHTIG GEMACHT.

JA!
DAS HAT MEINE OMA AUCH GESAGT!
KHIII
... DAMIT DIESER KLEINE NICHT ALLEIN IST UND LEIDEN MUSS...
GIBT ES...
... WENN SEINE ALTE GROSSMUTTER AUS DEM LEBEN SCHEIDET?
GHIII
... NIEMANDEN...
... DER DIESES KIND GLÜCKLICH MACHEN KANN...
KHIII

GIBT ES DENN NIEMANDEN?
WENN ES...
... EINEN GOTT GIBT IN DIESER WELT...

EPISODE 13
Rh+
RHESUS POSITIV

ICH BIN WIEDER DA!
NA, MEIN JUNGE...
DU BIST JA SO FRÖHLICH IN LETZTER ZEIT...!
WO SPIELST DU DENN JETZT IMMER?
HM?
WEISST DU...
... ICH HAB EINEN NEUEN FREUND.
MIT DEM UNTERHALTE ICH MICH IM PARK.
DAS MACHT SPASS!
DER WEISS NÄMLICH GANZ VIELE SACHEN!

Er ist...
... ein ganz, ganz schöner Mann!
So etnen schönen Erwachsenen...
... hab ich noch nie gesehen.
Klapp
Ageha...?
Ist das nicht vielleicht ein komischer Onkel, dieser Mann?
Nein, nein!
Er ist ein guter Mensch!
Er hat irgendwelche Sorgen...
... und ich frage ihn danach!
Ich bin toll, oder?
Ach?
Ah...
Aber...
... wenn du einsam bist, komme ich früher nach Hause, ja?

SOLL ICH HEUTE ZU HAUSE BLEIBEN?
NEIN, NEIN...
ICH MUSS HEUTE SOWIESO IN RUHE ÜBER ETWAS NACHDENKEN.
GEH RUHIG DRAUSSEN SPIELEN, AGEHA!
...
ÜBER ETWAS NACHDENKEN...
OB ES UM ONKEL UND TANTE GEHT...
... DIE MICH ABHOLEN WOLLEN...?
ICH MUSS ÜBERLEGEN, WAS ZU TUN IST...
... WENN ICH MAL NICHT MEHR DA BIN...
... ZU WEM DU DANN GEHST, WEISST DU?
WENN ...
... WENN DU MAL NICHT MEHR DA BIST?
BITTE STIRB NICHT!
DU GEHST ABER NICHT WEG... SO WIE MAMA...
... UND PAPA, ODER?
BITTE NICHT!

NEIN, DAS...
... WILL ICH JA AUCH NICHT, ABER...
...
ICH WEISS, WAS ES BEDEUTET...
... WENN JEMAND STIRBT.
DIE BEIDEN WAREN SELBST NOCH SO JUNG...
... UND SIE HINTERLIESSEN SO EIN KLEINES KIND!
VIELLEICHT...
... WÄRE ES BESSER GEWESEN, WENN ICH MIT PAPA UND MAMA GESTORBEN WÄRE...
DER MANN...
... HAT AUCH GESAGT, DASS IHM EIN LIEBER MENSCH VERSTORBEN IST...
!!
WUPP
WUPP

WEIL WIR HIER ZUSAMMEN-SITZEN...
... HÖRT ER SICH BESTIMMT AUCH MEINE GESCHICHTE AN...
PUD-DING!!
JA.
GREIF ZU, SO VIEL, WIE DU MAGST!
...
ÄHM...
MAGST DU KEINEN PUDDING?
HIER, BITTE!
AH...!
ACH SO...
ICH DACHTE, ES WÄRE SCHÖN, HIER IM PARK SO WAS WIE EIN PICKNICK ZU MACHEN...
... UND HAB MICH MAL AN PUDDING VERSUCHT.
BLICK
!!

NEIN, NEIN!! ICH MAG PUDDING SEHR!
TOLL, DASS DU IHN SELBST GEMACHT HAST!
DARF ICH?
BITTE!
MAMPF MAMPF
LECKER!
PUH!
EHRLICH GESAGT, BEIM ABSCHMECKEN HATTE ICH SCHON SORGE, DASS ER ZU SÜSS GEWORDEN IST...
DAS WÄRE SCHADE GEWESEN, WEIL ER EIGENTLICH GUT GELUNGEN AUSSAH.
SCHWINDEL
ABER...
... IHM SCHEINT ER JA ZU SCHMECKEN.
UND WENN DIESER JUNGE IHN LECKER FINDET...
ICH HAB ZIEMLICH VIEL GEMACHT...
... ALSO GIB DEINER OMA AUCH WAS DAVON AB, JA?
MENGE FALSCH EINGESCHÄTZT
HE, HE, HE!
... BIN ICH AUCH ZUFRIEDEN.
...!
JA...

DANKE...
...?
IST IRGEND-WAS?
EIN AKUTER TODESGERUCH SEINES VERWANDTEN GEHT VON IHM NOCH NICHT AUS...
MEINE OMA...
... HAT WAS KOMISCHES GESAGT.
WENN SIE VON DIESER WELT GEHT...
... UND ICH GANZ ALLEIN BIN...
DODOM
... WEISS SIE NICHT, WAS MIT MIR PASSIEREN SOLL.
SO EIN KLEINES KIND...
... WEISS SCHON...
... WENN JEMAND AUS SEINER FAMILIE BALD STIRBT?
WENN ES DAZU KOMMT...

... WAS WILLST DU DANN MACHEN?
...
FRÜHER...
... HAB ICH GEDACHT, SIE WIRD BEERDIGT...
... UND ICH GEHE ZU IHREM GRAB...
... ABER JETZT...
... JETZT...
... WEISS ICH NICHT, WIE DAS DANN WIRD.
SCHAUDER
ICH HAB ANGST...

DIE HINTERBLIEBENEN...
ICH GEHE NACH HAUSE, MEINE OMA WARTET SCHON.
ES IST DUNKEL GEWORDEN...
ICH BRINGE DICH HIN.
... FOLGEN EINEM WEG IN VÖLLIGER DUNKELHEIT, OHNE ZU SEHEN, WOHIN DIE REISE GEHT.
UND SELBST EIN SO KLEINES KIND...
... EREILT DIESES GNADENLOSE SCHICKSAL...
ICH BIN WIEDER DA!
STILLE
...
RASCHEL

DODOM
DODOM
DODOM
DODOM
OMA...?
AH...
AGEHA...?
DA BIST DU JA WIEDER...
...
PUH...

HALLO, OMA!
WEISST DU, WAS?
ICH GLAUBE, IHR GEHT'S SCHLECHT...
DER MANN VON NEULICH HAT MIR PUDDING GESCHENKT.
ICH HAB SCHON DAVON GEGESSEN, DER REST IST FÜR DICH!
...
OMA...
ICH GLAUBE...
... ER HAT EXTRA PUDDING MITGEBRACHT, WEIL DER LEICHT ZU ESSEN IST. DER IST SUPERNETT!
MAGST DU?
LASS NUR...!
ISS DU IHN, AGEHA!
TICK
TICK
...
TICK
TICK
TICK

HUST
HUST
HUST
...
...
OMA...?
IST SIE EINGE-SCHLAFEN?
DODOM
DODOM
DODOM
BOOM
DODOM
ZUCK
ドキン
DODOM
BOOM
BOOM

OMA...?
RRRRR
RRRRR
RRRRR
RRRRR
RRRR
JA...?
KIYOI?! FRECHHEIT! TU NICHT SO, ALS OB DU NICHT DA WÄRST, WENN DU IN WIRKLICHKEIT ZU HAUSE RUMHÄNGST UND VOR DICH HIN TRÄUMST!
LÜGE!
ICH TRÄUME NICHT VOR MICH HIN!
ENTSCHULDIGE DIE FRECHHEIT!
ICH HÄTTE NICHT RANGEHEN SOLLEN!
UND? WAS GIBT'S?

ICH WOLLTE MICH NUR MAL MELDEN!
WIE GEHT'S DENN SO?
BIST DU MIT DER BEWÄLTIGUNG DEINER SORGEN...
... EIN STÜCKCHEN WEITERGE-KOMMEN?
OH, HO, HO, HO, HO, HO!
DU MISS-VERSTEHST DA WAS.
ES GIBT KEINE GESCHICHTE, DIE DIR GEFALLEN WÜRDE, MADAME.
ICH MACHE MIR EBEN GEDANKEN!
TROTZDEM...!
NACHDEM DEIN FREUND VOR ZEHN JAHREN GESTORBEN IST...
... HAST DU ES DOCH DIE GANZE ZEIT BEREUT, IHN NICHT AUF DIESE SEITE GEHOLT ZU HABEN.
UND JETZT PLAGST DU DICH MIT DER GLEICHEN REUE HERUM.

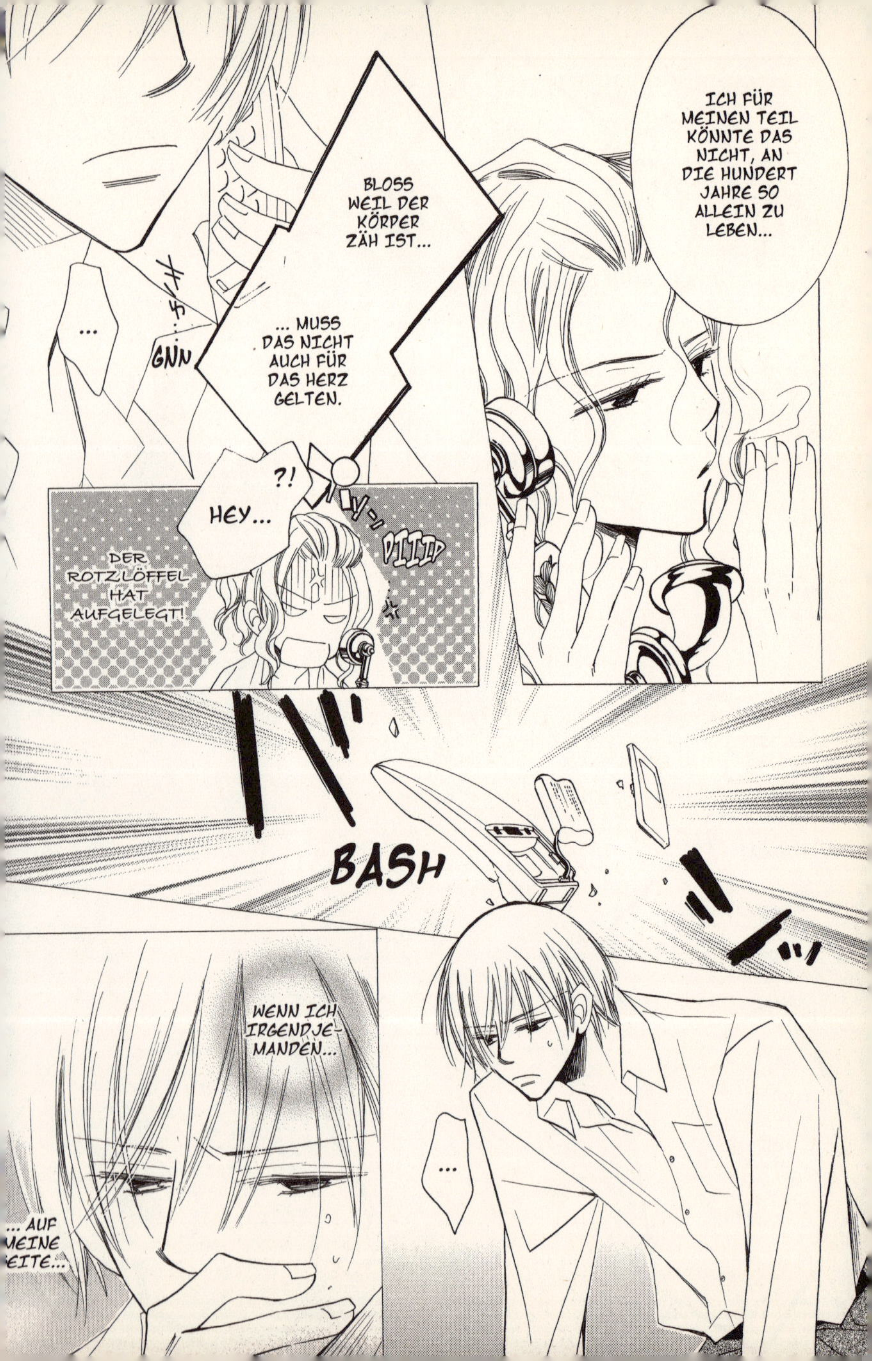
ICH FÜR MEINEN TEIL KÖNNTE DAS NICHT, AN DIE HUNDERT JAHRE SO ALLEIN ZU LEBEN...
BLOSS WEIL DER KÖRPER ZÄH IST...
... MUSS DAS NICHT AUCH FÜR DAS HERZ GELTEN.
...
GNN
?!
HEY...
DIIID
DER ROTZLÖFFEL HAT AUFGELEGT!
BASH
...
WENN ICH IRGENDJE-MANDEN...
... AUF MEINE SEITE...

IRGENDJEMANDEN...
...
ABER ER IST JA NOCH EIN KIND.
IHN KANN ICH NICHT AUF „DIESE SEITE" ZIEHEN.
WENN ER DA, WO ER JETZT IST, GLÜCKLICH LEBEN KÖNNTE...
... WÄRE DAS DOCH AM ALLERBESTEN.
KLAPP
HM... IN LETZTER ZEIT...

... SEHE ICH DEN JUNGEN GAR NICHT MEHR HIER IM PARK.
SOLANGE ES IHM GUT GEHT, SOLL'S MIR RECHT SEIN.
DABEI WOLLTE ICH MICH DOCH NICHT SO SEHR UM DIE SACHE KÜMMERN.
HAT MICH DA WOHL JEMAND MIT SEINER EINMISCHUNG BEEINFLUSST?
AUSSER-DEM...
JENEN TODESGERUCH KANN ICH NICHT...
... EINFACH SO IGNORIEREN.
ICH GEHE HEUTE ABEND MAL HIN UND SCHAUE NACH.

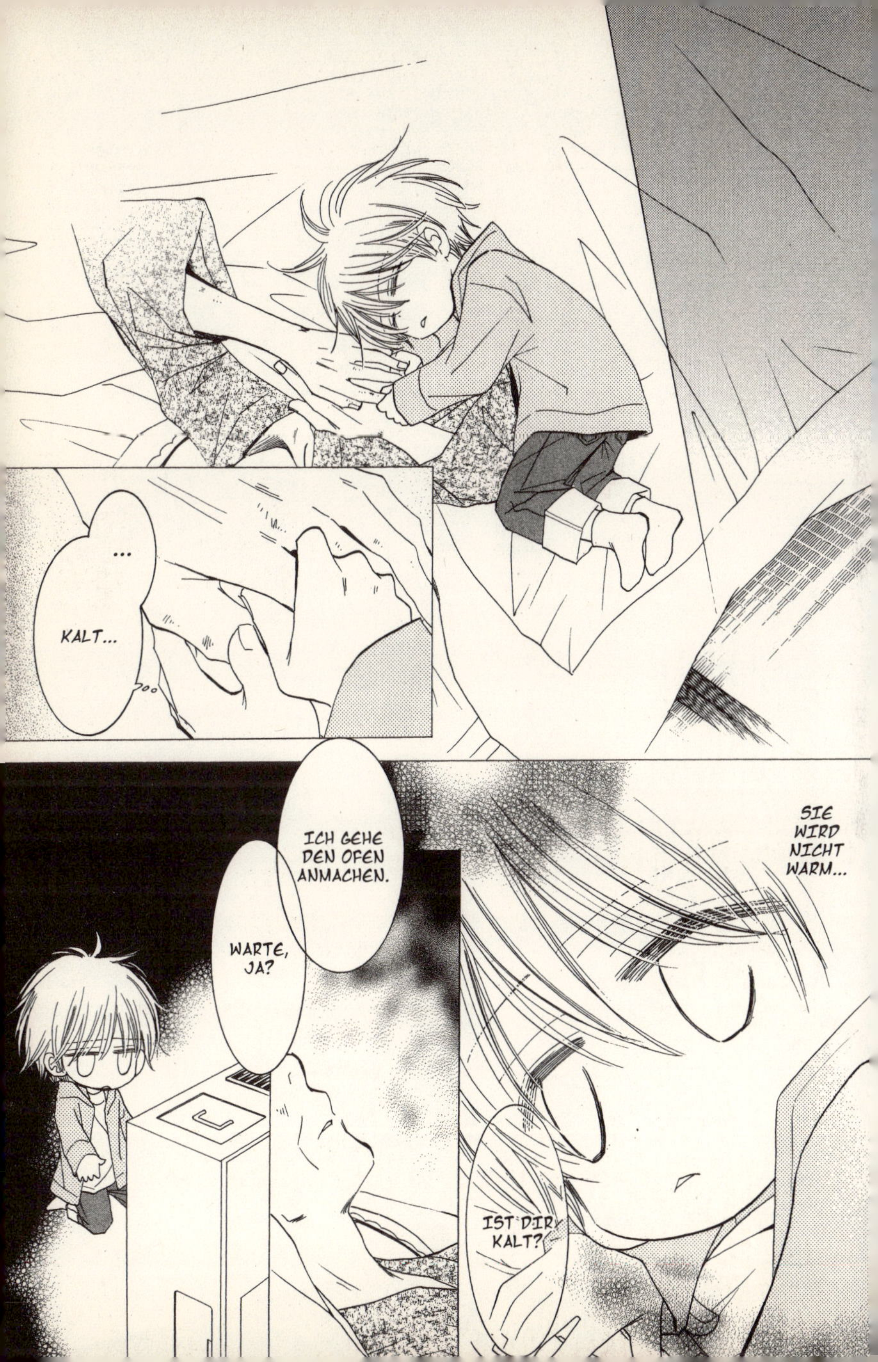
...
KALT...
SIE WIRD NICHT WARM...
IST DIR KALT?
ICH GEHE DEN OFEN ANMACHEN.
WARTE, JA?

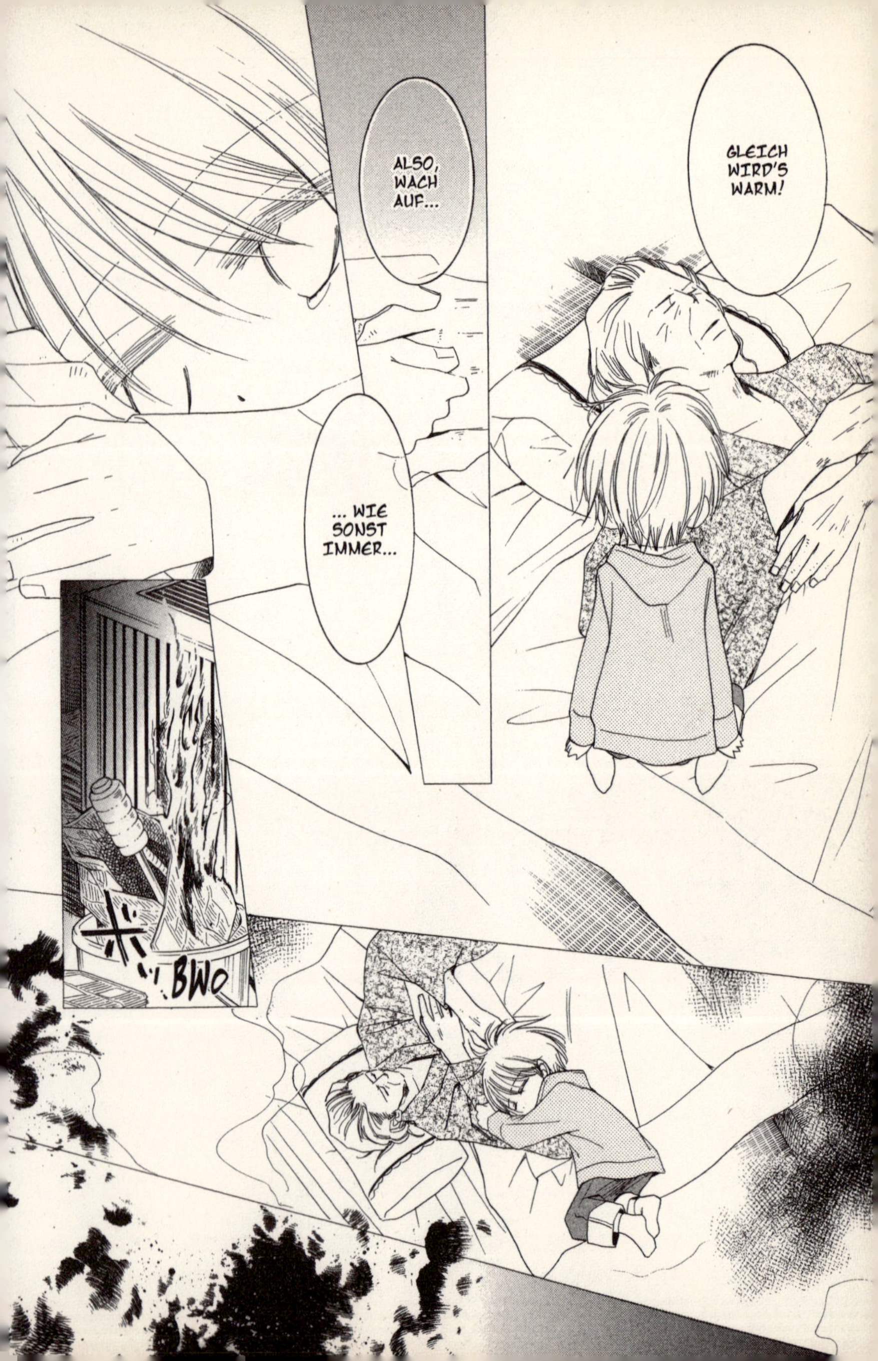
GLEICH WIRD'S WARM!
ALSO, WACH AUF...
... WIE SONST IMMER...
BWO

...!
WIESO IST DAS PASSIERT?!
FEUER-WEHR...?!
AM BAHNHOF SOLL ES AUCH GEBRANNT HABEN...
DIE ALTE FRAU IST DIE EINZIGE, DIE DA WOHNT, ODER?
NEIN...
DA LEBT AUCH EIN JUNGE MIT IHR, GLAUBE ICH!
!!
IST ER NOCH DRIN?!

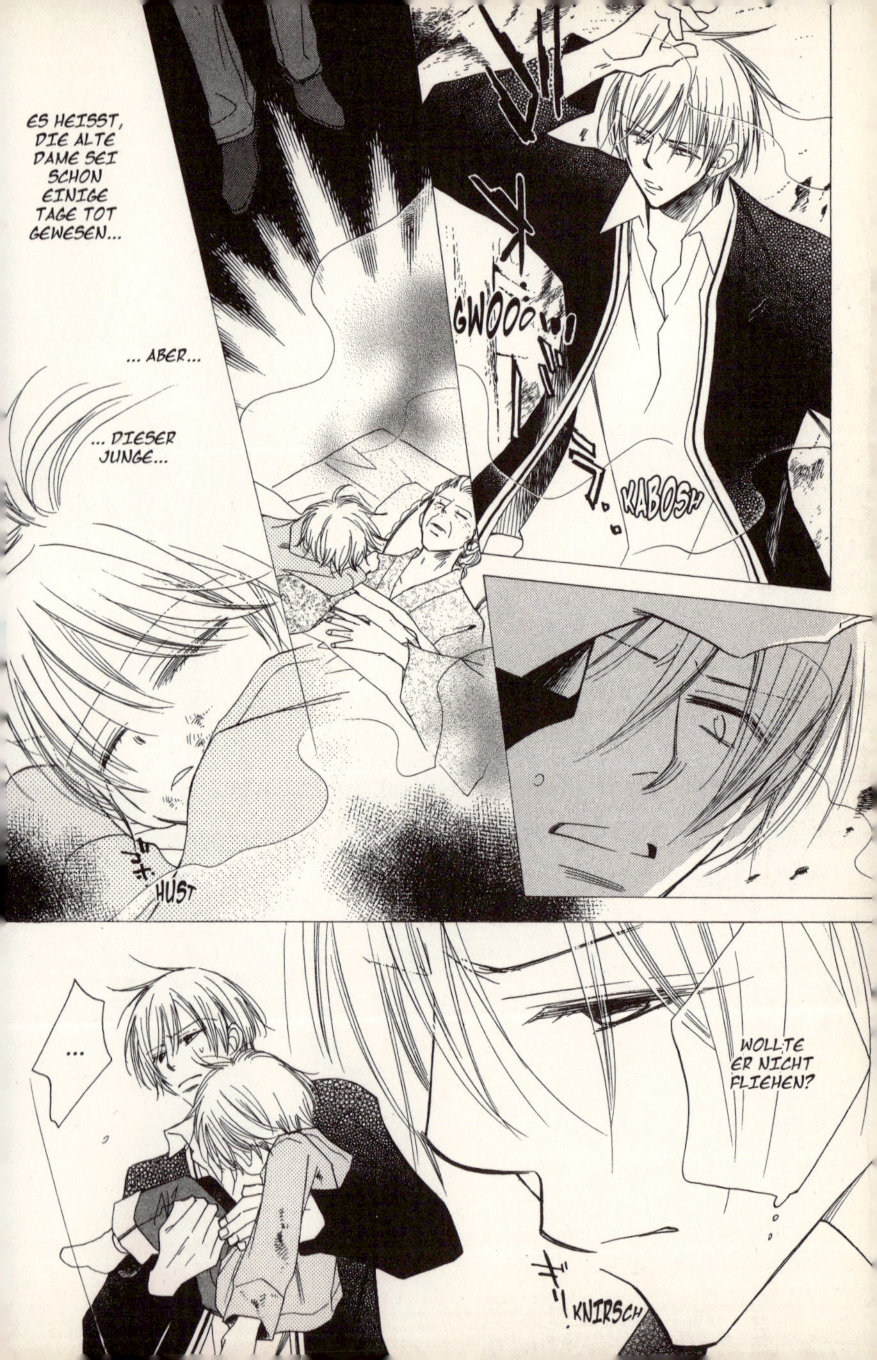

GWOOO
KABOSH
ES HEISST, DIE ALTE DAME SEI SCHON EINIGE TAGE TOT GEWESEN...
... ABER...
... DIESER JUNGE...
HUST
WOLLTE ER NICHT FLIEHEN?
KNIRSCH
...

ICH WILL IHN NICHT STERBEN LASSEN!
SEIN LEBEN...
... WAR NICHT DAZU BESTIMMT, SO FRÜH ZU ENDEN!
ER IST NOCH ZU JUNG!
ER IST NOCH...
SEINE BRANDWUNDEN SIND SCHLIMM.
DER RAUCH HAT SEINE LUNGE STARK MITGENOMMEN...
SELBST WENN ICH IHN ZUR KLINIK BRINGE, WIRD ES ZU SPÄT SEIN.

DOCH WENN ICH DEN JUNGEN STERBEN LASSE, WERDE ICH ES WIEDER BEREUEN.
DER JUNGE HAT NUN SCHON EINMAL DEN TOD EMPFANGEN...
... UND ES IST NUR MEIN EGOISMUS, WENN ICH IHN WIEDER AUFERSTEHEN LASSE.
GNN
ABER DAS IST AUCH IN ORDNUNG SO.

ICH WERDE DEN BLUTSVERTRAG MIT IHM SCHLIESSEN.
...
SEINE BRANDWUNDEN SIND GRÖSSTENTEILS VERHEILT.
ABER...
... SEINE GESICHTSFARBE...

ES IST EIN KIND.
EIN KLEINER JUNGE... UND WENN ICH DARAN DENKE, DASS ICH SEINEM STERBENDEN KÖRPER MEIN BLUT GEGEBEN HABE...
... UND ER KEINEN TOD DURCH SCHOCK ERLITTEN HAT, KANN ICH DAS NUR EIN WUNDER NENNEN...
ICH MUSS JETZT GUT AUFPASSEN...
... SOLANGE ER NOCH NICHT ERWACHT IST.
OB DAS WIRKLICH IN ORDNUNG WAR...
KANN ICH WIRKLICH...
... IHN WIEDERZUBELEBEN?
... BEHAÜPTEN, DASS ICH...
... ES FÜR IHN GETAN HABE...?
KIYOI!

!!
MADAME ...
DASS DU NEULICH EINFACH DEN HÖRER AUFGELEGT HAST...
WAS SOLLTE DAS EIGENT-LICH?!
MADAME!
...!
...
ICH HABE...
... EINFACH KEINEN ANDEREN WEG GESEHEN.
KLAPP

ABER...
... ER IST NOCH NICHT AUFGEWACHT...
AHA.
OB DU DAS RICHTIGE GETAN HAST ODER...
... EINFACH NUR EGOISTISCH WARST...
... DAS HÄNGT DAVON AB, WIE DU DICH VON NUN AN VERHÄLTST.
DAS WEISST DU JA, ODER?
UND OB...
... DU NUN HUNDERT ODER ZWEIHUNDERT JAHRE ALT BIST...
... ICH MACHE MIR EINFACH SORGEN UM DICH!
MÄNNER SIND NUN MAL UNREIFE WESEN.
DESHALB DARF MAN SIE NICHT SICH SELBST ÜBERLASSEN...

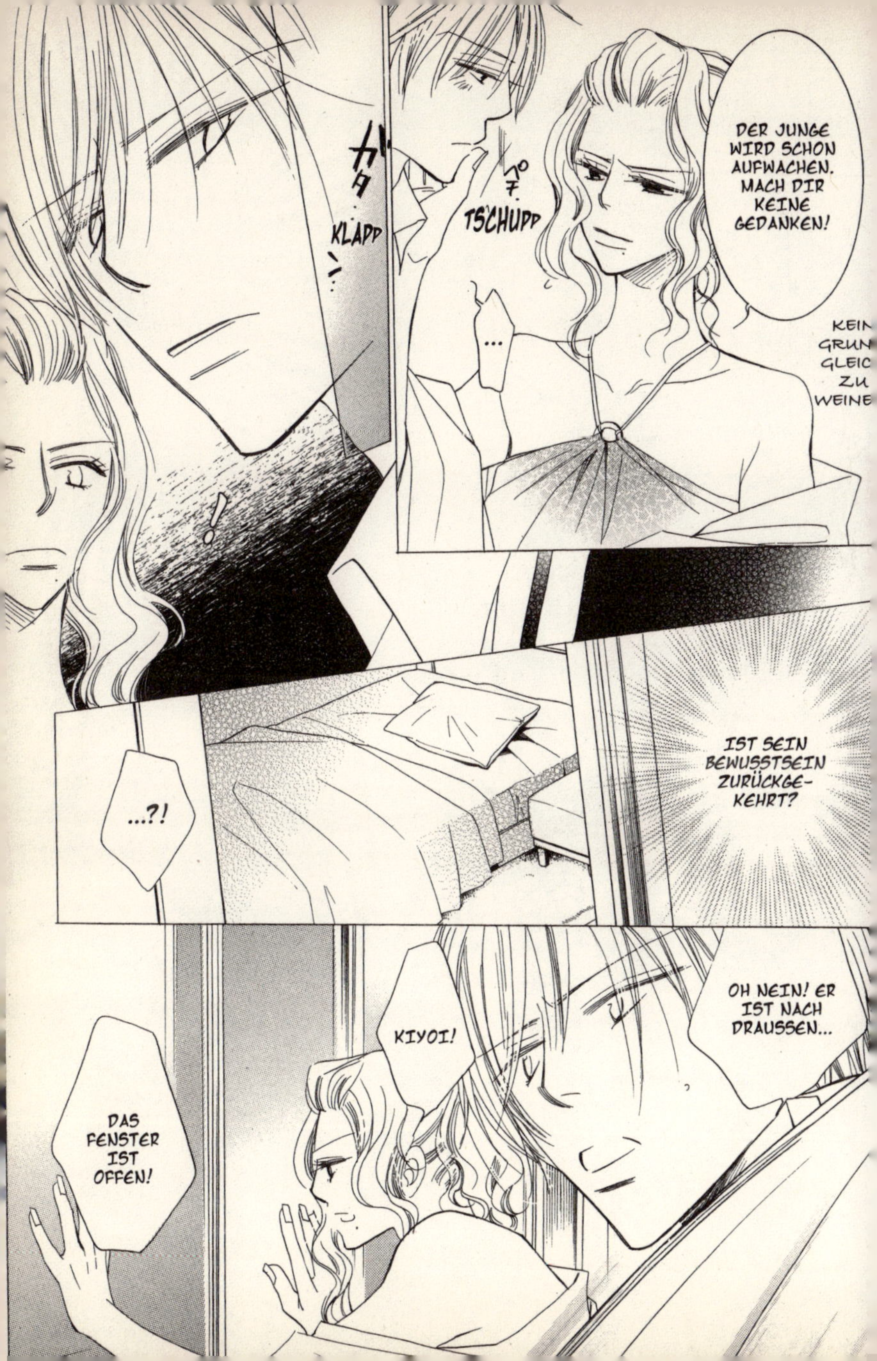
KEIN GRUN GLEIC ZU WEINE
DER JUNGE WIRD SCHON AUFWACHEN. MACH DIR KEINE GEDANKEN!
TSCHUPP
...
KLAPP
!
IST SEIN BEWUSSTSEIN ZURÜCKGE-KEHRT?
...?!
OH NEIN! ER IST NACH DRAUSSEN...
KIYOI!
DAS FENSTER IST OFFEN!

IN DEM ZUSTAND... ALLEIN...?!
WANK
...
OMA...?
...
OMA...?!

KOMM HIERHER ZURÜCK!
DU BIST NOCH NICHT WIEDER GANZ GESUND!
...
KOMM...
... AUF „DIESE SEITE"!

OMA...
... IST TOT...
ES WAR AN DER ZEIT FÜR SIE.
DAGEGEN KONNTEST DU NICHTS MACHEN.
BIN ICH SCHULD...?

NEIN... ... BIST DU NICHT.
GAR NICHT!
ICH GLAUBE, DU HAST DIESEM ALTEN MENSCHEN...
... MEHR GEGEBEN, ALS IN DEINER KRAFT STAND.
DIESMAL HÄTTE DIESES KIND EIGENTLICH EINE BELOHNUNG VERDIENT...
... UND ZWAR IN FORM VON LEBENSGLÜCK.
MAGST DU...
... JETZT FÜR EINE WEILE...
... BEI MIR WOHNEN?
DRÜCK
NEIN!
DAS IST ES NICHT!
NEIN...

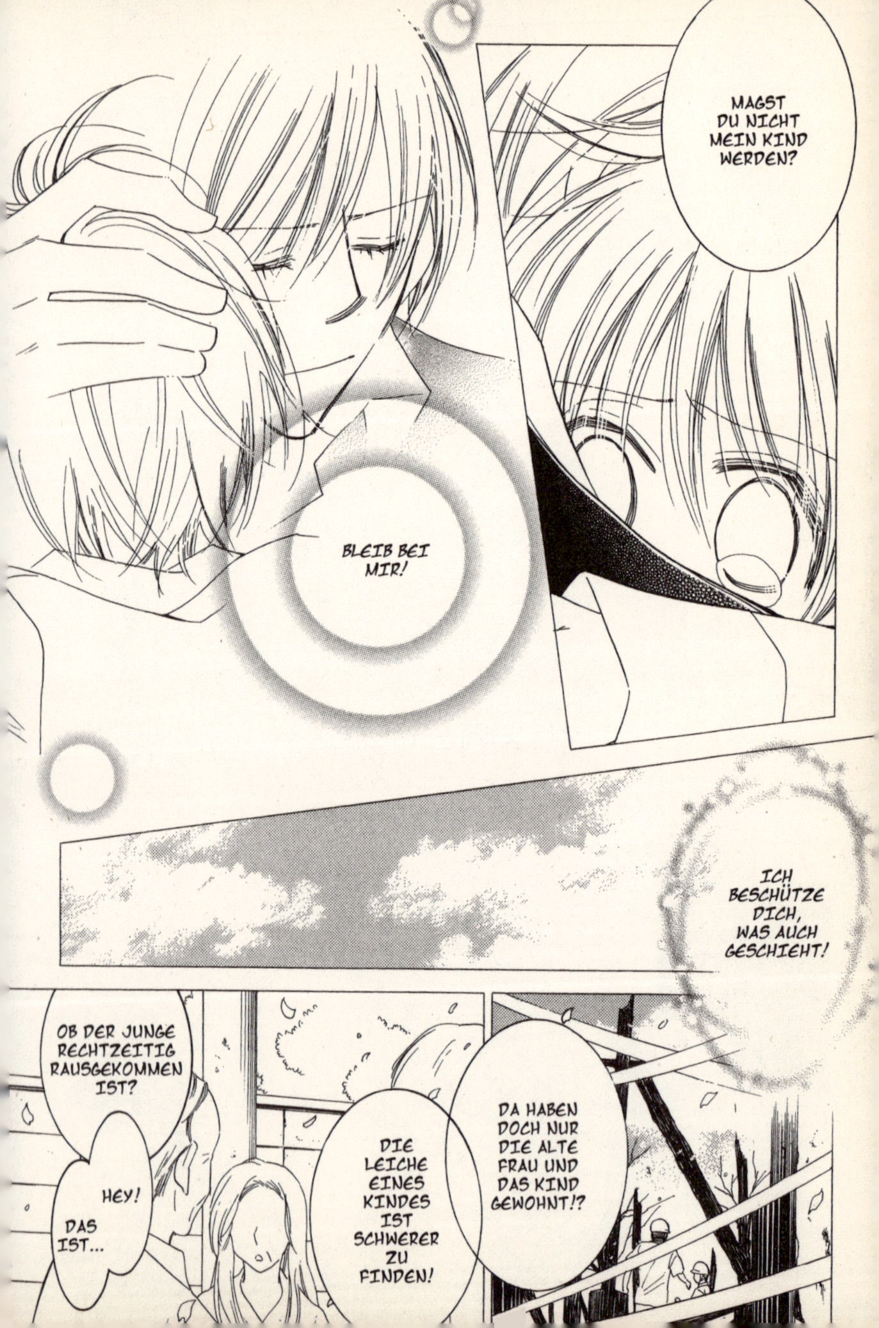
MAGST DU NICHT MEIN KIND WERDEN?
BLEIB BEI MIR!
ICH BESCHÜTZE DICH, WAS AUCH GESCHIEHT!
DA HABEN DOCH NUR DIE ALTE FRAU UND DAS KIND GEWOHNT!?
DIE LEICHE EINES KINDES IST SCHWERER ZU FINDEN!
OB DER JUNGE RECHTZEITIG RAUSGEKOMMEN IST?
HEY!
DAS IST...

WENN SICH DIE AUFREGUNG GELEGT HAT, GEHEN WIR ZUM GRAB.
SIE WILL DICH JA SICHER AUCH SEHEN!
JA!
KOMM...
... AGEHA!

JA, ER ÄHNELT IHM...
... ABER ER WIRKT IRGENDWIE ANDERS.
PLÖTZLICH ERINNERTE ICH MICH DARAN, WAS DIE MADAME GESAGT HATTE.

OB ICH DAS RICHTIGE TU...
...ODER NICHT...
...OB AGEHAS ZWEITES LEBEN...
...GLÜCKLICH WIRD ODER NICHT...
...
KIYOI?
AH...
ALSO, ICH STEHE DANN MORGEN FRÜH AUF UND HELFE DIR!
DER MISTER HAT JA GESAGT, DASS ER HEUTE HIER ÜBERNACHTET.
!
VIELLEICHT HABE ICH EIN WENIG ZU VIEL GETRUNKEN.
ICH SCHLAFE SCHON.

WENN ICH AUFGESTANDEN BIN, MACHE ICH DIR ZUERST EINEN TEE!
AGEHA...
DU BIST EIN BRAVER JUNGE.
ICH MÖCHTE, DASS DU...
HE, HE, HE!
... DASS DU MIR MEINEN EGOISMUS VERZEIHST.
„BRAVER JUNGE", SAGE ICH ZU DIR...
... DABEI BIN ICH VIELLEICHT DERJENIGE, DER SICH BEI DIR ANLEHNT.

Rh+
RHESUS POSITIV
UNI-KOMPAKTWISSEN - BEDEUTENDE MORDFÄLLE
EPISODE 14

OKAY, ICH KETTE IHN DANN IN DER PARKTOI-LETTE...
... IN DER DRITTEN KABINE FEST.
RUF DIE BEAMTEN, DASS SIE...
... IHN ABHOLEN, OKAY? DANKE!
PUH...
DAMIT WÄRE EIN FALL FÜR HEUTE GELÖST.
SCHWITZ
IN LETZTER ZEIT HAB ICH EINEN STRESS NACH DEM ANDEREN... UNI, ARBEIT...
ABER DAFÜR SCHMECKT DAS ESSEN UMSO BESSER.

BALD IST JA AUCH WIEDER AUFHEBUNG DES JAGDVERBOTS!
WIEDER EIN GOUKON? DER LERNT ES NIE...
HM?
ER IST GANZ ROT IM GESICHT...
DATSCH
AGEHA...?
?!
ZUCK
EH?!
DU HAST JA FIEBER?!
GEHT ES DIR HEUTE SCHON DEN GANZEN TAG SO SCHLECHT?!
?!
NICHT SO LAUT, MANN!
MA... MASAKAZU...
RUF MAL KIYOI-SAN AN!

WARUM SAGST DU DAS NICHT FRÜHER?!
...
KIYOI-SAN!
BAMM
TAP
TAP
!
AGAHA HAT...
...!
SEIT WANN HAST DU SO EIN FIEBER?

SEIT HEUTE MORGEN IST ER SCHON SO WORTKARG...
... DOCH ICH DACHTE, ER WÄRE EINFACH NUR MÜDE...
JA...
ER IST OFT NICHT SO RICHTIG FIT, ABER...
...SO EIN FIEBER HATTE ER BISHER NOCH NIE.
„BISHER"... DAS WEISST DU DOCH GAR NICHT!
!
VIELLEICHT HAT ER VERSUCHT, ES VOR ALLEN ZU VERBERGEN!
...

...?
DAMIT WIR UNS KEINE SORGEN MACHEN?
MENSCH, AGEHA...!
HM... DAS IST DOCH TYPISCH FÜR IHN.
ÄHM...
EINEN ARZT ZU RUFEN IST VIELLEICHT NICHT SO SINNVOLL...
... ABER IM BETT BLEIBEN SOLLTE ER SCHON.

!
JA...
UND EISBEUTEL WÄREN GUT!
?
WAS IST LOS?
WIESO IST KIYOI SO AUFGE-REGT?
DATT
KIYOI...

GEH HEUTE MAL NICHT ZUR SCHULE!
BLEIB RUHIG IM BETT! ICH RUFE AN UND MELDE DICH KRANK.
...
VIELEN DANK...
DING DONG
WER IST DAS DENN UM DIESE ZEIT?
DING DONG
MA... MAKOTO-KUN... ICH...
ICH GEHE HIN.
BLEIBST DU BITTE BEI AGEHA?
EH...?
GERN, ABER...
WENN SCHON, DANN...
TAP
... DENKE ICH, DASS LIEBER...
... KIYOI-SAN BEI AGEHA BLEIBEN SOLLTE...
TAP
TAP

KIYOI...
TOK
TOK
HI!
LANGE NICHT GESEHEN.
KLAPP
AGEHA-CHAN GEHT'S SCHLECHT, HAB ICH GEHÖRT.
DUH...
DER GAST IST...
HARUKA-SAN...!
UÄH!

SO EIN FIEBER HATTE AGEHA NICHT EINMAL ALS KIND.
ICH SELBST HATTE IN MEINEM GANZEN LEBEN NUR EIN MAL FIEBER.
DAS WAR DIE ZEIT, IN DER MEIN WACHSTUM STOPPTE.
IST DIESE ZEIT NUN FÜR AGEHA GEKOMMEN?
ABER ER IST NOCH EIN TEENAGER!
ER IST EINFACH NOCH ZU JUNG.
WENN EIN KIND IMMER AM GLEICHEN ORT LEBT UND NICHT WÄCHST, FÄLLT DAS UNWEIGERLICH AUF.
DAHER MÜSSTEN WIR STÄNDIG MIT IHM UMZIEHEN.
DOCH NICHT DAS WÄRE DAS HAUPTPROBLEM...
...SONDERN DIE TATSACHE, DASS ER IRGENDWANN SEELISCHE REIFE ERLANGEN, ABER IMMER NOCH WIE EIN KIND AUSSEHEN WÜRDE.

50 JAHRE... 100 JAHRE ODER NOCH LÄNGER...
... JE LÄNGER ER LEBEN WÜRDE, DESTO MEHR WÜRDE ER LEIDEN.
WENIGER KÖRPERLICH, SONDERN VIELMEHR SEELISCH WÜRDE ES IHN MEHR UND MEHR KAPUTT-MACHEN.
AGEHA WIEDER-ZUBELEBEN WAR EBEN DOCH NICHT PERFEKT...
ICH MUSS DAMIT RECHNEN, DASS ER...
... ES MIR SPÄTER ÜBEL NEHMEN WIRD.
SO WAS!
ALSO DOCH KEIN NORMALES FIEBER?

NA JA, WIR HABEN DA KEINE ERFAHRUNG...
ICH DENKE NUR DARAN, WAS MIR MEIN GROSSVATER ERZÄHLT HAT.
ZUMAL ER NACH DEM FIEBERAUSBRUCH ERST MAL...
... ZWANZIG JAHRE IM SAKEKELLER SCHLIEF... ES GIBT WOHL INDIVIDUELLE UNTERSCHIEDE.
UND ZURZEIT STELLT ER SEKRETÄRINNEN NACH...
HOFFENTLICH GEHT ER BALD IN RENTE!
ABER DER ALTERUNGSPROZESS STOPPT DOCH ERST AB VIERZIG, ODER SO!?
MEINE ELTERN SIND AUCH ÜBER FÜNFZIG.
KIYOI HAT WOHL RELATIV FRÜH AUFGEHÖRT ZU ALTERN.
ICH BENEIDE IHN DAFÜR, DASS ER IM BESTEN ALTER STEHEN GEBLIEBEN IST.
HOFFE, MIR GEHT'S AUCH SO!
...
VIELLEICHT BLEIBT AGEHA DESHALB ZIEMLICH FRÜH STEHEN, WEIL ER...
... KIYOIS BLUT BEKOMMEN HAT!?

FRAG DAS BESSER KIYOI-SAN SELBST!
WIR SOLLTEN KEINE VORSCHNELLEN SCHLÜSSE ZIEHEN!
VIELLEICHT HAT ER SICH EINFACH NUR ÜBERANSTRENGT.
...
KIYOI...
KIYOI FÜHLT SICH BESTIMMT VERANT-WORTLICH...
... DABEI HAT ER GAR KEINE SCHULD...
WAS, WENN ICH NUN STEHEN BLEIBE? WAS MACHE ICH DANN?
SCHWITZ
HEY!
SCHNIPP
!

DENK KEINEN BLÖDSINN, SONDERN SCHLAF!
WENN DU DEINE GRAUEN ZELLEN JETZT MAL AUSNAHMSWEISE BENUTZT...
... KRIEGST DU NOCH FIEBER VOM ZAHNEN!
KLAPP
KICHER
WAS SOLL DAS?!
NA JA, ICH DACHTE GERADE, DASS KIYOI-SAN...
... IN SO EINEM FALL DOCH NORMALERWEISE ZUR ÜBERBESORGTEN KRANKENSCHWESTER WERDEN MÜSSTE.
JA...

AUS IRGENDEINEM GRUND SCHIEBT KIYOI IM MOMENT DIE GRÖSSTE PANIK VON ALLEN.
GEREIZT
ABER TROTZDEM!
... UMSO ÖFTER NACH AGEHA SEHEN!
WENN ER SICH SCHULDIG FÜHLT, SOLLTE ER DOCH...
GRUMMEL
GRUMMEL
?
WAS REGT DER SICH DENN SO SO AUF?
WIESO „SICH SCHULDIG FÜHLT"?
BEI DIESER ATMOSPHÄRE WIRD KIYOI-SAN SICHER AUCH BALD KRANK...
!
KLACK
GUTEN TAG!
DU BIST DOCH SCHON DIE GANZE ZEIT DA!?

ÄHM...
WIR HABEN GERADE DARÜBER GESPRO-CHEN...
TAP
... ABER MIT AGEHA-CHAN IST ALLES OKAY.
ES IST ZWAR SELTSAM, WENN WIR DAS SAGEN, DOCH...
... KANN DAS EIN...
... ERWACH-SENER WIE DU NICHT AM BESTEN SPÜREN?
EHRLICH GESAGT, ICH TRAUE ES MIR NICHT ZU...
VIELLEICHT SOLLTE ICH DAS EIN-SCHÄTZEN KÖNNEN...
... ABER SO EINEN BLUTSVERTRAG HABE ICH BISHER NUR MIT AGEHA UND MIT NIEMANDEM SONST VOLLZOGEN.
AMALS...

... HATTE ICH DAS GEFÜHL, DAS GANZE LEBEN DES KLEINEN ZU ÜBERNEHMEN.
ICH DACHTE, ICH WÜRDE AUSSER IHM...
... NIE JEMANDEN VERSORGEN KÖNNEN.
DAFÜR, DASS ICH DURCH IHN SO EINE ERFÜLLUNG BEKAM...
... WOLLTE ICH IHM EIN GLÜCKLICHES LEBEN SCHENKEN...
... IN JENEM HAUS, DAS DOUZAN...
... ZURÜCKGELASSEN HATTE.
SEIT DAMALS DACHTE ICH IMMER...
... DASS DOUZAN MICH NICHT EINFACH MITTELLOS ZURÜCKGELASSEN HATTE.
DIE WICHTIGEN DINGE...
... HATTE ER MIR ALLE HINTERLASSEN...
... UND MEINE ROLLE WAR ES, SIE ZU BEWAHREN.

AM ANFANG HATTE ICH VIELLEICHT EINEN GROSSEN FEHLER GEMACHT...
... SEI ES MIT DOUZAN, SEI ES MIT AGEHA...
ICH WAR...
... BIS ZUM MOMENT DES TODES UNSCHLÜSSIG...
KNIRSCH
MEINST DU, WENN DU JETZT HIER TRÜBSAL BLÄST, KIYOI, WIRD ES AGEHA DAVON BESSER GEHEN?

...
EH?!
HEY... HEY...
STATT UNNÖTIG HERUM-ZUGRÜBELN ...
... GEH LIEBER HOCH ZU IHM!
JETZT WÄRE ES WESENTLICH ANGESAGTER...
... IHM MAL WIEDER DEN KOPF ZU STREI-CHELN UND MUT ZUZU-SPRECHEN!
ALSO WIRKLICH!
DABEI MACHST DU DOCH SONST IMMER AUF FAMILIE!
DASS DU WEGEN SO EINER KLEI-NIGKEIT AUS DEM GLEICH-GEWICHT GE-RÄTST...!
„KLEI-NIGKEIT" ...?!
FÜR AGE-HA KANN DAS EIN LEBENS-LANGES PROBLEM SEIN!!
GNN

VIELLEICHT IST ER NUR ÜBERARBEITET. WIR WISSEN JA NOCH GAR NICHT, WAS ES IST!!
ER WIRD VIELLEICHT EIN BISSCHEN LEIDEN... DOCH AUCH DAS WIRD ER ÜBERWINDEN...
... UND LÄNGER LEBEN ALS JEDER ANDERE!
UND SELBST WENN ER FÜR IMMER EIN KNIRPS BLEIBT, WIRD ER DIR SCHON KEINE VORWÜRFE MACHEN!
ABER DANN WIRD ER AN DEINER SEITE SEIN, UND WENN ER...
... DAS SCHLECHTE GEWISSEN SIEHT, DAS DIR INS GESICHT GESCHRIEBEN STEHT...
... WIRD ER SELBST VERANTWORTUNG FÜR DIE SACHE EMPFINDEN!
...
AGEHA WAR ZWAR SCHON ALS KIND EIN DUMMKOPF...
... DOCH ER IST EINFÜHLSAM UND SPÜRT SEHR GENAU, WAS IN DIR VORGEHT!

DU BIST DOCH DERJENIGE, DER AM STÄRKSTEN DARAN FESTHÄLT...
... DASS DIE FAMILIE HIER IM GECCHO-KAN NICHT KAPUTT-GEHEN DARF.
DESHALB SAGT AGEHA IMMER NUR...
... WAS DU HÖREN WILLST, WAS DEINEM IDEAL ENTSPRICHT.
OBWOHL ER SICH DAFÜR NICHT...
... VER-STELLEN MUSS...
ER MAG KIYOI JA WIRKLICH, DESHALB IST ER DABEI GANZ EHRLICH.
ICH SPIELE DAS „FAMILIE-SPIEL" JA SCHON JAHRE-LANG...
... UND KANN MICH BESSER IN KINDER ALS IN DIE ERWACHSE-NEN VON FRÜHER HINEIN-VERSET-ZEN.
GERADE DESHALB REGT MICH DAS AUF!
DU HAST MIT DEM SPIEL-CHEN ANGE-FAN-GEN ...
ALSO HAST DU KEIN RECHT, JETZT SO ZU SCHWAN-KEN!
...
GRUMMEL

WAS HEISST HIER „SPIELCHEN"...
MIR IST DAS WICHTIG! REDE NICHT SO...
... ALS OB ES UM EINE PUPPENKÜCHE GINGE!
EIN KÜNSTLICH GESCHAFFENER „GLÜCKLICHER KREIS" IST EBEN NUN MAL WIE EINE PUPPENKÜCHE!
EINE GRUPPE VON LEUTEN, DIE SICH AUCH WIRKLICH VERSTEHT, IST TAUSENDMAL GLÜCKLICHER!
...
KIYOI...
WENN DU DICH EINSAM FÜHLST...
... ENTSPANN DICH EINFACH IN MEINEM SALON!
ES GIBT GESPRÄCHSPARTNER, ES GIBT ALLES...
... UND WENN ES DEIN GEMÜT BESÄNFTIGT, AUCH HAUT ZUM BERÜHREN...

AUCH EINE EINZIGE NACHT KANN EINE ZÄRTLICHE ANGELEGENHEIT SEIN...!
...
KNIRSCH
DU NÖRGLER...
DU BIST WOHL JETZT IM TROTZ-ALTER...
JA...
ICH BIN MEIN LEBEN LANG IM TROTZ-ALTER.
GRRR
BIST DU AUCH NOCH STOLZ DARAUF?! PEINLICH!
MANN! MAKOTO UND DU, IHR SEID MIR...
... VIEL-LEICHT EIN PAAR EIGEN-BRÖTLER!
DA KÖNNEN WIR NOCH SO NAH UM IHN HERUM SEIN...

... WENN ER, DER EIGENTLICH IM ZENTRUM STEHT, SO HALSSTARRIG IST...
... VERLIERT DAS GANZE DOCH SEINEN SINN!
ERZÄHL MIR BLOSS NICHT, DASS DU...
FHUP
... VOR LAUTER EINSAMKEIT AGEHA ALS ERSATZ FÜR EINEN GEWISSEN JEMAND...
... WIE-DERBELEBT HAST, JA?
WAPP
DU KANNST AGEHA VOR LAUTER SCHLECHTEM GEWISSEN NICHT UNTER DIE AUGEN TRETEN... DAS IST DOCH ABSURD!
GEREIZT

BATSCH
BAMM
SCHEIS-SE!
...
...
DOLTER
ZUCK
...!
DOLTER
WAS IST DA LOS?

BAMM
...
DODOM
DODOM
MASAKAZU-SAN UND HARUKA-SAN...?!
SCHON WIEDER STREIT?
DODOM
ÄH...
IST IRGENDWAS PASSIERT?!
DODOM
AH, MAKOTO-KUN... WEISST DU...
WAS IST DENN MIT MASAKAZU-SAN?
VERDAMMT! DIESE AFFEKTIERTE BRILLENSCHLANGE...
... HAUT MIR DOCH TATSÄCHLICH PLÖTZLICH EINE RUNTER...
...
AHA, MIT „BRILLENSCHLANGE"...
... WAR NICHT ICH GEMEINT...
DABEI WAR ICH MIT MEINER STANDPAUKE NOCH GAR NICHT FERTIG!
MASAKAZU-SAN...

MAKO-CHAN, SORRY...
... ABER ICH VERLASSE DAS HAUS.
WAS...?!
DU KANNST DOCH JETZT NICHT EINFACH ABHAUEN!?
„ABHAUEN"...
DAS IST EBEN GERADE JETZT ZUM THEMA GEWORDEN, MANN!
ALSO ECHT!
WO WILLST DU DENN ÜBERHAUPT HIN?
ZU DEINER ALTEN FAMILIE?
KANNST DU NICHT WENIGSTENS MAKOTO UND DEN ANDEREN EINE ADRESSE ODER NUMMER DALASSEN?
DIE MÜSSEN DEN MÜLL IN DEINEM ZIMMER JA IRGENDWOHIN SCHICKEN!
ICH HAB ZWAR MIT KIYOI NOCH EINE RECHNUNG OFFEN...
... DOCH DAS ÜBERLASSE ICH JETZT ERST MAL EUCH!
HE...
WARTE!
HM...?
...
TSK

HARU-KA...
KANNST DU KOCHEN?
?
DU MEINST, FÜR ZU HAUSE?
NA JA, EINIGER-MASSEN...
DU HAST DOCH EINE WOHNUNG HIER IN DER NÄHE, ODER?
JA...
OH NEIN!
ICH WOHNE JETZT FÜR EIN WEILCHEN BEI DEM HIER.
GEHT MIR ZWAR VOLL GEGEN DEN STRICH, ABER...
...... HÄÄÄH?!
MOMENT! ÜBERLEG DIR DAS NOCH MAL... ...MASAKAZU-SAN!
WAS SOLL ICH DENN DANN MACHEN...?
KEIN PROBLEM!

AGEHA WIRD EH BALD WIEDER GESUND.
UND ICH KOMME AUCH ZURÜCK, WENN ICH MICH ERST MAL ABGEREGT HABE.
ABER...
GULP
ICH KRIEGE EIN UNGUTES GEFÜHL, WENN NUR EINER VON UNS FEHLT...
MAKO-CHAN IST IM ZWEIFELSFALL...
... WESENTLICH ZUVERLÄSSIGER ALS KIYOI!
!
SORRY, DOCH ICH HAB...
... KIYOI GANZ SCHÖN KRASS DIE LEVITEN GELESEN...
KÜMMER DICH NUR EIN KLEINES BISSCHEN MEHR ALS SONST UM AGEHA!
ICH VERLASSE MICH AUF DICH.
AH...
HM... IST GUT...
...
IDIOT...!

DU HAST KEIN RECHT...
... KIYOI IN SO EINE UNANGENEHME SITUATION ZU BRINGEN!
MANN, MANN, MANN...! WORTE KÖNNEN ECHT KATASTROPHEN AUSLÖSEN...
IN JEDER HIN-SICHT!
WIESO BIN ICH HEUTE ÜBERHAUPT HIER AUF-GETAUCHT?!
MEINST DU, ES WAR GUT, EINFACH ABZUHAUEN?
SOLL ICH DAS AUF MIR SITZEN LASSEN?
NICHT MAL MEIN ALTER HERR HAT MICH JE GE-SCHLA-GEN!
WAS SOLL DIE HYSTERIE?
PAMM
PRÜGEL-STRAFE AUS LIEBE, ODER?
AGAHA-CHAN HAT MIR ERZÄHLT, DASS KIYOI IHM FRÜHER DEN HINTERN VERSOHLT HAT.
DER KERL...
... KRIEGT PRÜGEL VON MIR, WENN AGEHA GESUND IST... DAS VERSPRECHE ICH!
VRRROUM
JA, JA.
HOFFENTLICH WIRD AGEHA-CHAN BALD GESUND!

AGEHA BEKAM FIEBER UND WURDE KRANK.
WENN WIR VAMPIRE ZU WACHSEN UND ZU ALTERN AUFHÖREN...
... BEKOMMEN WIR HOHES FIEBER, HEISST ES.
UND DESHALB VERLOR KIYOI-SAN...
... SEINE GEWOHNTE GELASSENHEIT.
(?)
UND ZU ALLEM ÜBEL FING MASAKAZU-SAN MIT KIYOI-SAN STREIT AN UND VERLIESS UNSER HAUS.
UND ER SAGTE MIR...
... ICH SOLLE MICH UM AGEHA KÜMMERN.

ABER DESHALB DARF ICH JETZT NICHT TRÜBSAL BLASEN.
ICH MUSS JETZT STARK SEIN!

EPISODE 15
Rh+
RHESUS POSITIV

KLACK
AGEHA ... DIE EISBEUTEL SIND FERTIG!
NGH...
HAST DU DURST?
SOLL ICH WASSER BRINGEN?
ZITTER
ZITTER
SAG MAL...
IST MASAKAZU WIRKLICH WEGGEGANGEN?

JA... ABER ER WILL...
... BEI HARUKA WOHNEN UND SICH DURCHFÜTTERN LASSEN.
DER WOHNT JA IN DER NÄHE. DAHER BLEIBT SEIN KRAM AUCH HIER.
WAHRSCHEINLICH TREIBT IHN DIE LANGEWEILE BALD ZURÜCK!
HARUKA-SAN HAT GESAGT, WIR SOLLEN IHM JA NICHT MASAKAZUS KREMPEL SCHICKEN.
LANGE KANNST DU BEI MIR NICHT BLEIBEN!
...
SORRY...
IST ALSO ALLES NUR VORÜBERGEHEND.
DAS IST WOHL MEINE SCHULD...
?
WENN ICH NICHT DIESES FIEBER BEKOMMEN HÄTTE...
... HÄTTE ES MIT KIYOI AUCH KEINEN STREIT GEGEBEN, ODER?
EH...?

DER ARME KIYOI!
ICH MACHE ALLEN NUR PROBLEME...
...
DU...
... SIEHST AUCH...
... SO BESORGT AUS, MAKOTO...
!
BAMM
?!
ZUCK
SEUFZ
MA...
HÖR MAL...
KRANKE SOLLEN SICH NICHT UM IHRE UMGEBUNG KÜMMERN.
ALSO VERGISS EINFACH MEINEN GESICHTS-AUSDRUCK, JA?
MAKO-TO...

IST DOCH KLAR, DASS MAN SICH SORGEN MACHT, WENN JEMAND KRANK WIRD.
DAS WÜRDEST DU DOCH AUCH TUN, WENN ICH KRANK WÜRDE, ODER?
...
KÜHLE
MAKOTO...
STÜTZ DICH EINFACH MEHR AUF ANDERE!
ICH FREUE ICH MICH, WENN ICH GEBRAUCHT WERDE!
MAKOTOS HAND...
... IST SCHÖN KÜHL...

ABER DAS HEISST AUCH, DASS MEIN FIEBER GESTIEGEN IST.
GNN
KIYOI HAT SICH IMMER UM MICH GESORGT. UND ER LIESS MICH MIT KEINEM...
... ANDEREN VAMPIR ODER VERTRAGSPARTNER...
... BLUT TAUSCHEN ODER EINEN BLUTSVERTRAG SCHLIESSEN!
STATTDESSEN WAR ER ZU MIR WIE EIN NORMALER ELTERNTEIL...
... ODER SOGAR NOCH MEHR ALS DAS!
DESHALB WOLLTE ICH KIYOI NIEMALS ZUR LAST FALLEN...
... UND SCHNELL ERWACHSEN WERDEN...
... UM IHM DAS LEBEN WENIGSTENS EIN BISSCHEN LEICHTER ZU MACHEN!!

SO SOLLTE DAS NICHT AUSSEHEN!
ICH WOLLTE EIN RICHTIGER ERWACHSENER WERDEN, INNERLICH UND ÄUSSERLICH!
UH...
AGEHA...
ICH WILL KIYOI NICHT LEIDEN LASSEN, VERDAMMT
REIB
UH...
A...

Michi-taka-san...
Wegen des abge-schlos-senen Falls...?
Aber dafür hab ich jetzt gar keine Nerven...
MICH
DIIII
„Erzähl mir bloss nicht, dass du vor lauter Ein-samkeit..."
„... Ageha als Ersatz für einen gewissen Jemand wiederbelebt hast, ja?"
So ein blöder Quatsch...!
Wie kann man nur auf so eine Fehlinter-pretation kommen?!
Hat Masakazu die ganze Zeit schon...
...
... so über mich gedacht?

NEIN, DAS IST ES NICHT.
MASAKAZU HAT SICHER KEINE AHNUNG...
... UND AUCH AGEHA...
... UND MAKOTO WISSEN GAR NICHT...
... WIE SEHR ICH UNSER LEBEN HIER BEWAHREN...
... UND NICHT VERLIEREN WILL...
GNN
ABER IHN ZU SCHLAGEN WAR MIES...
... AUCH WENN ES NUR MIT DER FLACHEN HAND WAR.
ER WAR SICHER ERSCHROCKEN.
ER IST JA TROTZ ALLEM BEHÜTET AUFGE-WACHSEN.
ER IST SONST BESTIMMT NOCH NIE GESCHLAGEN WORDEN...
WENN ICH IMMER SO EIN ERBÄRM-LICHES BILD ABGEBE...
... BRAUCHE ICH MICH NICHT ZU WUNDERN, WENN ICH IM STICH GELASSEN WERDE.

VON MASAKAZU...
... UND DEN ANDEREN JUNGS...
ドタ
KLAPP
KIYOI-SAN!!
MAKOTO-KUN...
?!
AH...
IST WAS MIT AGEHA?
...
WENN DU DICH SO SORGST, WIESO BIST DU DANN NICHT BEI IHM?!

AGEHA IST JETZT GANZ MUTLOS...
ER WAR JA VORHER SO GUT WIE NIE KRANK!
ER HAT NUR NOCH NEGATIVE GEDANKEN...
DAHER...
DIR VERTRAUT ER AM MEISTEN! WENN DU IHM MUT ZUSPRICHST, DANN...
HALT SEINE HAND UND SAG, DASS ER EIN GUTER JUNGE IST!
WENN DU IHN BERUHIGST UND IHM SAGST, DASS DU IHN LIEBST, WAS AUCH PASSIEREN MAG...
... WIRD AGEHA SICHER...
ICH WÜRDE JA AUCH GERNE ETWAS FÜR IHN TUN, ABER...

... AUS EIGENER KRAFT...
... KANN ICH KEINE STABILI-SIERENDE KRAFT FÜR IHN SEIN!
MAKOTO-KUN...
DAHER...
GNN
KLACK
AH...

KIYOI...
!
AGEHA...
DRÜCK

KEINE ANGST!
DAS FIEBER SINKT BALD, DANN GEHT ES DIR BESSER.
LEG DICH WIEDER HIN...
... UND SCHLAF JETZT...!
KIYOI...
WENN ICH...
... IN DIESEM HALB FERTIGEN ZUSTAND STEHEN BLEIBE, HAST DU DOCH NUR SCHEREREIEN MIT MIR...
...
ICH HÄTTE DAMALS STERBEN SOLLEN...
... ALS ICH NOCH EIN MENSCH WAR!!
DANN KÖNNTEST DU...
... HIER IM GECCHO-KAN...
... GANZ FREI...
... LEBEN...

WENN ICH NICHT WÄRE...
...?!
AGEHA...
ER MACHT SICH SO VIELE GEDANKEN UND IST SO ANGESPANNT...
OBWOHL ER NOCH SO JUNG IST...
... SORGT ER SICH UM MICH...
ICH HÄTTE IHM DEUTLICHER SAGEN SOLLEN...
... DASS ER MEIN LEBEN GERETTET HAT...
... DANN KÖNNTE ER AUCH BERUHIGTER SEIN.
AGEHA UND DOUZAN SIND VERSCHIEDENE SEELEN...
... UND AGEHA IST KEIN ERSATZ, SONDERN MIR SEHR WICHTIG.
DRÜCK
DU MUSST DIR KEINE SORGEN MACHEN!
ES IST J TATSÄCHLICH SO...
... WIE MASAKAZU GESAGT HAT.

DU MACHST MIR ÜBERHAUPT KEINE SCHEREREIEN!
HICK
HÖCHSTENS EINMAL, ALS DU MITTEN IN DER NACHT PUDDING WOLLTEST UND ICH KEINE EIER IM HAUS HATTE.
UND HEUTE KÖNNEN WIR DOCH DARÜBER LACHEN, ODER?
WENN DU...
... DAMALS NICHT GEWESEN WÄRST...
... KÖNNTE ICH WEDER JETZT...
... NOCH IN ZUKUNFT GLÜCKLICH SEIN!
HICK
KIYOI...
ABER WENN ICH...
... VON JETZT AN NICHT MEHR WACHSE...
... IST DAS DOCH AUCH...
... SCHLIMM FÜR MAKOTO...
DODOM
EH...?

...
DRIP
SORRY...
... MAKOTO...
DU BIST BEI MIR GEBLIEBEN, UM MIT MIR GEMEINSAM ERWACHSEN ZU WERDEN...
DU HAST ES MIR VERSPROCHEN...
ABER WENN...
... ICH JETZT...
... SO JUNG BLEIBE...
ICH BLEIBE...
... TROTZDEM BEI DIR, AGEHA!
...

!
GENAU AUS DEM GRUND BIN ICH HIER...
... AGEHA!
MAKO...
EGAL, WIE DU AUSSIEHST ODER LEBST...
... DAS MACHT MIR ÜBERHAUPT KEINE PROBLEME! KANN ES GAR NICHT!
ES WIRD FÜR UNS NICHT IMMER GANZ EINFACH SEIN...
... ABER...

... AM MEISTEN ANGST HABE ICH...
... DAVOR, DASS ICH IM DUNKELN SUCHEND MEINE HAND AUSSTRECKE UND NIEMAND DA IST!
ABER JETZT...
... BIST DU DA UND ALLE ANDEREN, UND DESHALB HABE ICH KEINE ANGST.
DAS WEISS ICH GENAU.
DAS AUSSEHEN IST DOCH EGAL!
MACHT DOCH NICHTS, WENN WIR ÖFTER MAL UMZIEHEN MÜSSEN.
ALSO BERUHIGE DICH, AGEHA...
... UND GÖNN AUCH DEINEN KÖRPER MAL ETWAS RUHE!
...

MAKO-TO...
... HAT VÖLLIG RECHT.
ICH HABE DIR UND EUCH ALLEN ANGST EINGEJAGT.
DARAN, DASS ICH MIT EUCH ZUSAMMEN-LEBEN WILL...
PUH!
... HAT SICH NÄMLICH KEIN BISSCHEN GEÄN-DERT.
!
ERRÖT
KNURR
AH! DA FÄLLT MIR EIN...
ICH HABE NOCH GAR KEIN ABENDES-SEN VORBE-REITET.
TUT MIR LEID. ICH WERDE GLEICH WAS MACHEN...
AH... NICHT NÖTIG!
ICH GEHE SCHNELL WAS EINKAUFEN. DAS REICHT DOCH!
BLEIB DU...
... BEI AGEHA, KIYOI-SAN!

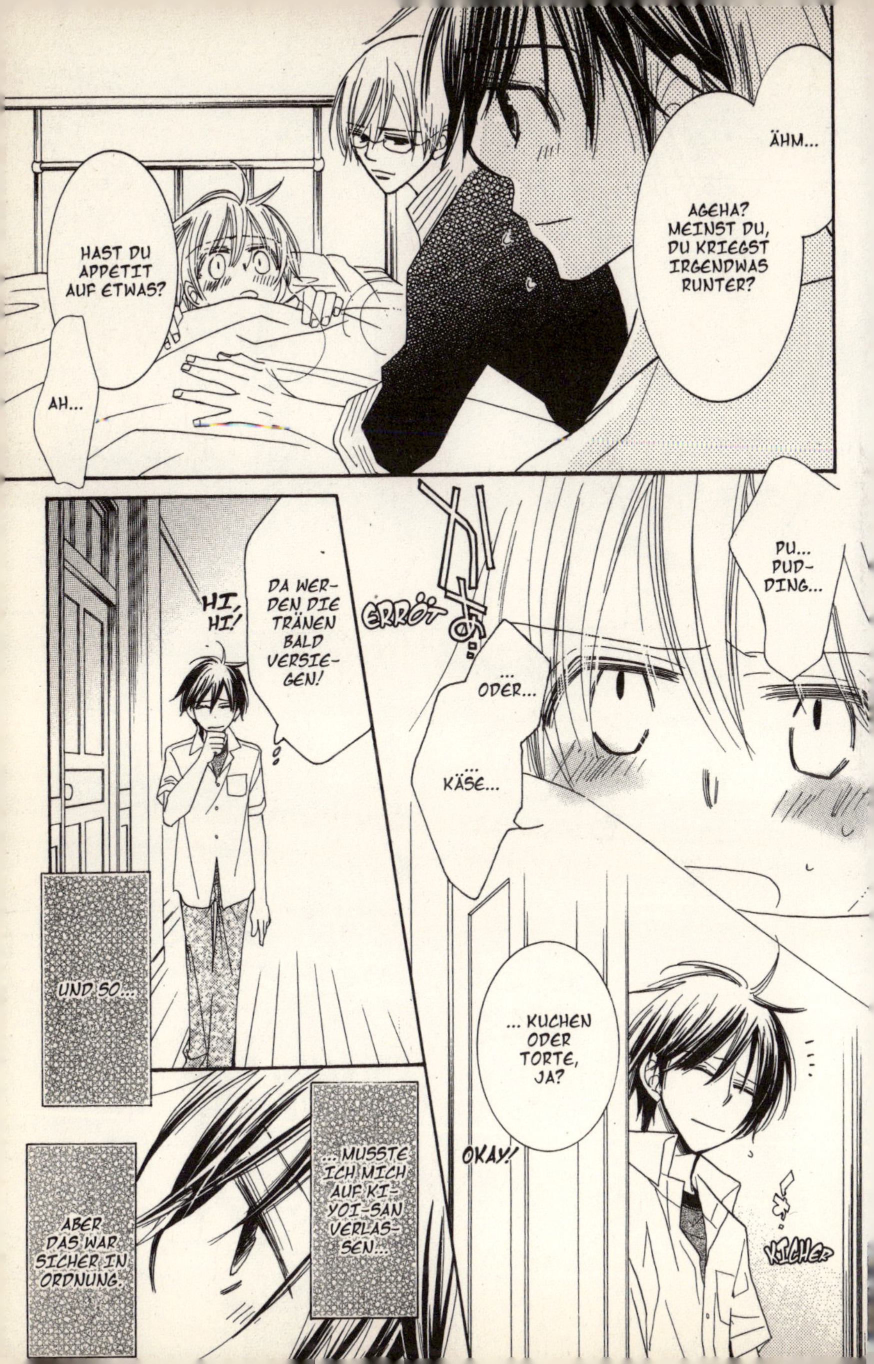
ÄHM...
AGEHA? MEINST DU, DU KRIEGST IRGENDWAS RUNTER?
HAST DU APPETIT AUF ETWAS?
AH...
ERRÖT
PU... PUD-DING...
... ODER...
... KÄSE...
DA WER-DEN DIE TRÄNEN BALD VERSIE-GEN!
HI, HI!
UND SO...
... KUCHEN ODER TORTE, JA?
OKAY!
KICHER
... MUSSTE ICH MICH AUF KI-YOI-SAN VERLAS-SEN...
ABER DAS WAR SICHER IN ORDNUNG.

DASS ICH ES GESCHAFFT HATTE, KIYOI-SAN WIEDER INS GESCHEHEN ZU BRINGEN...
... WAR FÜR MICH...
MAKOTO-KUN...
KIYOI-SAN...
SOLL ICH...
... SONST NOCH WAS EINKAUFEN?
NEIN, DAS MEINE ICH NICHT...
DANKE!
ICH BIN FROH, DASS DU AUF AGEHAS SEITE BIST!
DEINE WORTE WAREN ERMUTIGENDER ALS DIE JEDES ANDEREN...
... FÜR AGEHA...
... UND AUCH FÜR MICH!
...
... FÜR EINEN WIE MICH...

... EIN GUTES ERGEBNIS.
AH...
HOHE LUFT-FEUCHTIG-KEIT...
ALSO, PUDDING FÜR AGEHA...
... UND KAKI-EIS FÜR MICH.
DAS WAR...
... EIN IRRE LANGER TAG.
ACH JA...
ICH MUSS MASAKA-ZU-SAN ANRUFEN.
ICH HOFFE NUR, DASS ES KEINEN STREIT GIBT...
GRRRR
DIE SIND JA WIE FEUER UND WASSER...
AGEHA HAT SICH EIN BISSCHEN BERUHIGT...
... UND KIYOI-SAN HAT SICH AUCH WIEDER GEFANGEN.
24

FSHHH
ALSO KANN MAN NUR HOFFEN, DASS ER UND MASAKAZU-SAN SICH WIEDER VERTRAGEN...
... UND MASAKAZU-SAN ZURÜCKKOMMT.
JA, WIR VIER SIND EINE NETTE RUNDE...
ES IST GEMÜTLICH BEI UNS.
AH...
DA IST ER JA.
DER LETZTE BECHER...! GLÜCK GEHABT!
AUCH IN LAUWARMES BADEWASSER STEIGE ICH IMMER GERNE MIT IHNEN...
... ZUMINDEST SO LANGE, BIS ICH NICHT MEHR TRAURIG BIN.
MASAKAZU DENKT SICHER AUCH SO...
... UND HAT DESHALB MIT UNS IM GECCHOKAN GELEBT.
DENN IN WIRKLICHKEIT MAG ER UNS JA.
ER IST EIGENTLICH GANZ LIEB, AUCH WENN ER DAS ÜBERSPIELT.

UND ICH HABE DAS GEFÜHL, DAS WACHSTUM VON AGEHAS KÖRPER IST NOCH NICHT ABGESCHLOSSEN.
MILCH
ICH BETE ZUMINDEST DAFÜR!
AUCH WENN'S WAHRSCHEINLICH NICHTS NÜTZT...
!
FHUUU
...?
MITTEN IM SOMMER...?
HEIZÖLGERUCH?
ODER IST IRGENDWO BENZIN AUSGELAUFEN?

FÜR SOLCHE ETWAS MERKWÜRDIGEN EMPFINDUNGEN...
... IST AGEHA NOCH EMPFÄNGLICHER ALS ICH, ABER...
PILOLILO
PILOLILO
ICH BIN GLEICH WIEDER DA.
JA.
AH, BIN ICH FROH, DASS SIE DIESMAL DRANGEHEN...
TUT MIR LEID...
ICH WAR BIS EBEN ETWAS BESCHÄFTIGT.
WENN ES UM IHREN AUFTRAG GEHT, DER IST SCHON...
JA.
ICH BRAUCHE NUR NOCH EINE BESTÄTIGUNG.

HABEN DIE JUNGS...
... NOCH ETWAS ANDERES GEMACHT, AUSSER DEN MANN IN DER TOILETTE FESTZUKETTEN?
EH...?
ODER GAB ES VIELLEICHT AUGENZEUGEN?
...?
WARUM FRAGEN SIE?
WISSEN SIE...
ES GAB EIN FEUER.
BEVOR UNSERE LEUTE DA WAREN, UM DEN MANN ABZUHOLEN...
... WURDE ER...

... MITSAMT TOILETTE IN BRAND GESTECKT!
LALÜÜÜ LALAAA
HUP
AH, SCHON WIEDER...
FURCHTBAR!
WIR HABEN AUCH SCHON GESAGT, DASS WIR AUFPASSEN MÜSSEN!
WENN MAN DEN MÜLL RAUS-BRINGT...
LALÜÜÜ
HUP
LALÜÜÜ
... UND DEN GASHERD ANLÄSST, IST ES RUCK, ZUCK PASSIERT.
SCHAUDER
FHUUU

...?
...
ICH HABE EIN UNGUTES GEFÜHL...
FSHHH...
AB NACH HAUSE!
SCHNELL!
ZU DEN ANDEREN...
DODOM
DODOM
TAP
DODOM
DODOM
TAP
TAP

ICH WERDE VERFOLGT!
GRUSELIG!
WENN ICH DIREKT NACH HAUSE GEHE, KRIEGT ER MIT, WO ICH WOHNE.
UND ICH WILL NICHT, DASS DAS EIN UNBEKANNTER ERFÄHRT...
ICH MUSS ETWAS TUN...
IRGENDWAS...
REDEN SIE KEINEN BLÖDSINN!
SO ETWAS WÜRDEN MEINE JUNGS NIE TUN!

BAMM
SCHREIEN SIE MICH NICHT SO AN!
ICH SUCHE NUR ZEUGEN ZUR BESTÄTIGUNG.
TAP
TAP
AH...
ABER...
!
KIYOI-SAN...
MAKOTO-KUN...?!
HA!
HA!
ICH GLAUBE, ICH BIN VERFOLGT WORDEN... GANZ SCHÖN GRUSELIG!
ICH BIN VORSICHTSHALBER EINEN UMWEG GEGANGEN, UM IHN ABZUSCHÜTTELN...
HA!
HA!
...
HAST DU SEIN GESICHT ERKANNT?
NEIN...

Rhesus positiv Rh+ 3 - Ende

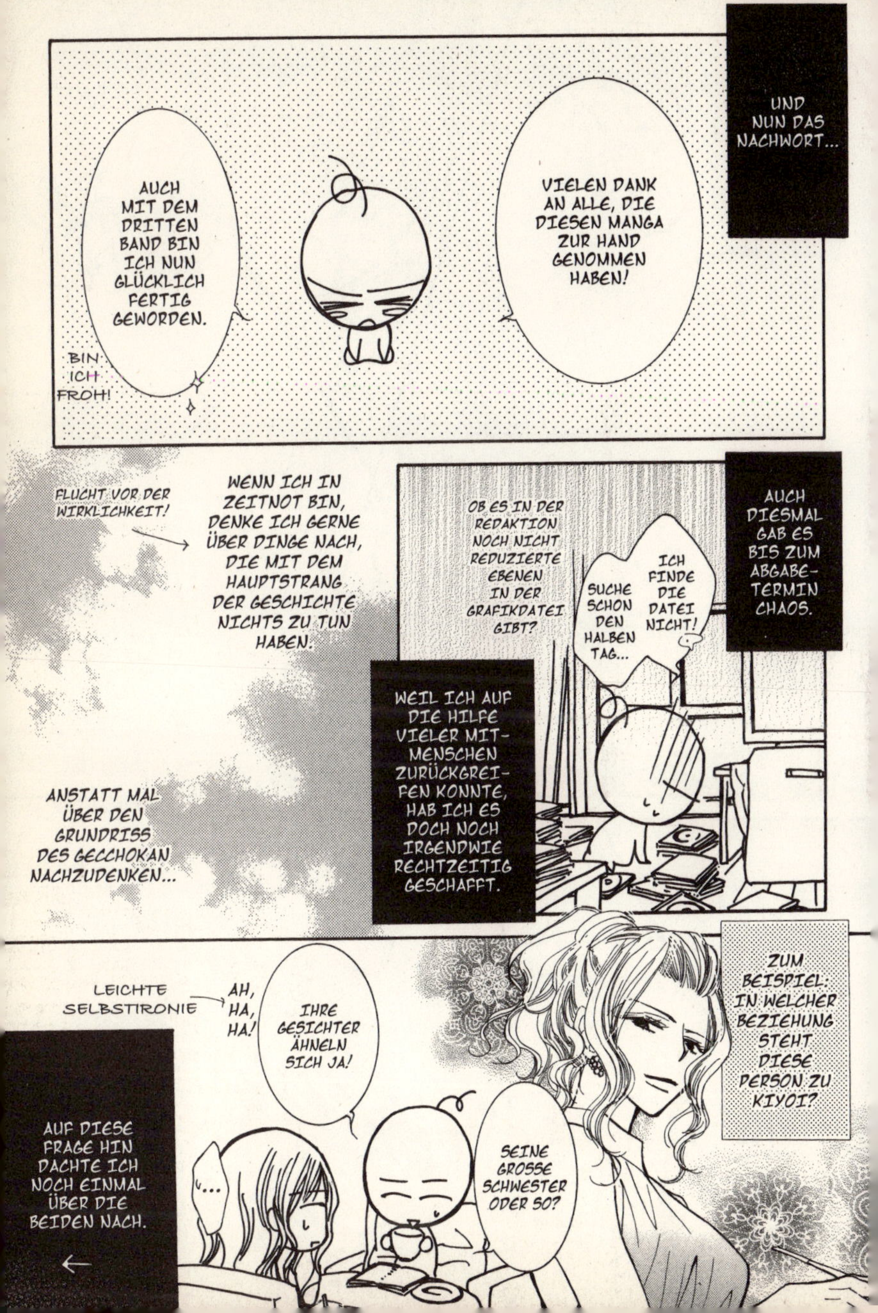
UND NUN DAS NACHWORT...
VIELEN DANK AN ALLE, DIE DIESEN MANGA ZUR HAND GENOMMEN HABEN!
AUCH MIT DEM DRITTEN BAND BIN ICH NUN GLÜCKLICH FERTIG GEWORDEN.
BIN ICH FROH!
AUCH DIESMAL GAB ES BIS ZUM ABGABETERMIN CHAOS.
ICH FINDE DIE DATEI NICHT!
SUCHE SCHON DEN HALBEN TAG...
OB ES IN DER REDAKTION NOCH NICHT REDUZIERTE EBENEN IN DER GRAFIKDATEI GIBT?
WEIL ICH AUF DIE HILFE VIELER MITMENSCHEN ZURÜCKGREIFEN KONNTE, HAB ICH ES DOCH NOCH IRGENDWIE RECHTZEITIG GESCHAFFT.
WENN ICH IN ZEITNOT BIN, DENKE ICH GERNE ÜBER DINGE NACH, DIE MIT DEM HAUPTSTRANG DER GESCHICHTE NICHTS ZU TUN HABEN.
FLUCHT VOR DER WIRKLICHKEIT!
ANSTATT MAL ÜBER DEN GRUNDRISS DES GECCHOKAN NACHZUDENKEN...
ZUM BEISPIEL: IN WELCHER BEZIEHUNG STEHT DIESE PERSON ZU KIYOI?
SEINE GROSSE SCHWESTER ODER SO?
IHRE GESICHTER ÄHNELN SICH JA!
AH, HA, HA!
LEICHTE SELBSTIRONIE
...
AUF DIESE FRAGE HIN DACHTE ICH NOCH EINMAL ÜBER DIE BEIDEN NACH.
←

KIYOI...!
„ALTE"...?
WENN AGEHA „DIE ALTE" SAGT, KANN DAS NUR...
DIE ALTE IST WIEDER DA!
WA...
...!
SIEH AN! DA SCHAUT MAN NACH LANGER ZEIT MAL WIEDER VORBEI...
... UND PROMPT GIBT ES EINEN NEUEN SÜSSEN FRATZ BEI DIR!
STELL IHN MIR DOCH MAL VOR, KIYOI!
MAKO-TOOO...
MA-DAME...
?!
KEINE... LUFT...
STIRB!
DAS HAST DU AUCH MIT AGEHA DAMALS GEMACHT, UND JETZT HASST ER DICH! WEISST DU NOCH?

SAGT MAL...
IST DAS EINE BEKANNTE VON KIYOI-SAN?
SEINE EX, ODER NICHT?
STIRB, BAKA-KAZU!
KANN NICHT SEIN!!
„MADAME"... MADAME VON WO?
OH, HO, HO, HO!
ICH WILL JA NICHT ANGEBEN, DOCH ICH BIN ZIEMLICH BELIEBT!
„SEINE EX"? UNMÖGLICH!
MEINE STAMMKUNDEN SIND ALLE AUS BESTEM HAUSE, SEIEN ES VAMPIRE ODER MENSCHEN!
SIE IST SEIT LANGEM IM GEWERBE TÄTIG.
SIE HAT NACH DEM KRIEG IN EINEM FREUDENHAUS...
... DEN TON ANGEGEBEN UND FÜHRTE EINEN SALON FÜR PROMINENTE.
ZURZEIT BETREIBT SIE EIN HOTEL...
... UND EINEN GEHEIMEN UNTERIRDISCHEN KLUB.
SIE IST ALLERDINGS SCHON EINE DUBIOSE FIGUR...
WIR HABEN EIN MITGLIEDSSYSTEM...
... ABER WENN IHR ZWANZIG SEID, LADE ICH EUCH EIN.
WEIL IHR SO SÜSS SEID!
SO WIE EINE KÖNIGIN...?
ICH WÜRDE LIEBEND GERN... VERZICHTEN...

UND?
OB SIE NUN ALS MISTRESS ARBEITET ODER NICHT, IST DOCH EGAL!
IN WELCHEM VERHÄLTNIS STEHT SIE DENN NUN ZU KIYOI?!
EH...?
ALSO EINE DOMINA... RICHTIG MIT PEITSCHE UND SO?
NEE, ODER ...?!
SIE IST MEINE TANTE.
UND MASAKAZU WAR IM STILLEN ERLEICHTERT...
LÜÜÜGE!
MAN SPÜRT STARK IHRE BSTAMMUNG...
...
SO IST DAS!
DASS ICH DIESEN MANGA ZUSTANDE GEBRACHT HABE...
... VERDANKE ICH DER UNERMÜDLICHEN MITARBEIT MEINER REDAKTION UND MEINEN FREUNDEN, DIE MIR BEI DER ARBEIT ZUR SEITE STEHEN.
ICH BIN VOLLER DANKBARKEIT...
... UND FALLE MENTAL AUF DIE KNIE!
UND VOR ALLEM VIELEN DANK AN ALLE LESER UND LESERINNEN!
HOFFE, WIR SEHEN UNS BALD WIEDER!

"Rhesus positiv Rh+" von Ayako Suwa
Aus dem Japanischen von Burkhard Höfler
Originaltitel: "RH Plus" Vol. 03

verlegt durch EGMONT Verlagsgesellschaften mbH,
Gertrudenstraße 30-36, 50667 Köln

1. Auflage
Redaktionsleitung und verantwortlich für diese Ausgabe: Alexandra Germann
Redaktion: Tamara Kastl
Textbearbeitung: Christian Schmidt / Etsche Hoffmann-Mahler
Lettering: Asiatype
Gestaltung: Wolfgang Schütte
Koordination: Nadin Kreisel
Buchherstellung: Simone Nauerth
Druck und Verarbeitung: CPI – Clausen & Bosse, Leck
ISBN 978-3-7704-7154-6

SUTOPPU!

**Koko wa kono manga no owari dayo.
Hantaigawa kara yomihajimete ne!
Dewa omatase shimashita!
Tanoshii hitotoki wo dozo!**

EMA-Manga Chiimu

STOPP!

**Das ist der Schluss des Mangas.
Fangt bitte am anderen Ende an!
Und nun genug der Vorrede,
viel Spaß beim Lesen!**

Euer EMA-Manga-Team